KB139151

십대를 위한 고전문학 사랑방
감정편

이 도서의 국립중앙도서관 출판시도서목록(CIP)은 e-CIP홈페이지(http://www.nl.go.kr/ecip)와
국가자료공동목록시스템(http://www.nl.go.kr/kolisnet)에서 이용하실 수 있습니다.(CIP제어번호 : CIP2015022401)

십대를 위한 고전문학 사랑방 – 감정편

초판 1쇄 발행 2015년 9월 3일
초판 2쇄 발행 2018년 9월 28일

지은이 박진형
펴낸이 윤미정

책임편집 성기병
홍보 마케팅 양혜림

펴낸곳 푸른지식 출판등록 제2011−000056호 2010년 3월 10일
주소 서울특별시 마포구 월드컵북로 16길 41 2층
전화 02)312−2656 팩스 02)312−2654
이메일 dreams@greenknowledge.co.kr
블로그 blog.naver.com/greenknow

ⓒ 박진형 2015
ISBN 978−89−98282−28−8 44810
    978−89−98282−26−4(세트)

이 책은 저작권법에 따라 보호받는 저작물이므로 무단전재와 복제를 금지하며,
이 책 내용의 전부 또는 일부를 이용하려면 반드시 저작권자와 푸른지식의 서면동의를 받아야 합니다.

잘못된 책은 바꾸어 드립니다.
책값은 뒤표지에 있습니다.

십대를 위한 고전문학 사랑방

감정편

박진형 지음

푸른지식

고전문학,
감정을 품다

"쌤, 너무 불쌍한 거 같아요."

"응? 뭐가?"

"여기 나오는 병사들이요. 평화롭게 지내던 사람들이 전쟁에 끌려 나와서 비참하게 죽잖아요. 칼에 베이고, 창에 찔리고, 화살을 맞고, 불에 타고, 물에 빠지고⋯. 심지어는 독약까지 먹어요."

"그래, 맞아. 안타까운 일이지. 이 사람들이 무슨 죄가 있기에 그런 비극을 겪어야 했을까."

"그런데 정말 짜증 나는 건요, 정작 전쟁을 일으킨 놈은 뒤로 내빼는 거예요. 다른 사람을 사지에 몰아넣고 혼자 줄행랑치는 걸 보면 아휴⋯. 답답하더라고요."

〈적벽가〉 수업이 끝나고 한 여학생이 제게 말하더군요. 붉게 상기된 아이의 표정은 분명 화난 것처럼 보였습니다.

'정말 다행이다!'

교사로서 그때만큼 만족스러웠던 적은 없었습니다. 작품을 통해 학생이 무언가를 '느꼈'으니까요.

수업 시간에 아이들은 대체로 무덤덤합니다. 작품을 열심히 설명해도 표정 하나 변하지 않지요. 이럴 땐 가르치는 사람도 참 난감합니다.

그러나 다시 생각해보면 아이들이 무표정한 이유를 알 수 있습니다. 지금껏 아이들은 감정을 드러내지 않도록 요구받았습니다. 수업 시간에 화를 내거나, 엉엉 울거나, 미워하는 감정을 느끼라고 배운 적이 없지요. 내면을 자극하는 수업을 경험한 적도 드물고요. 다시 말해, 감동하는 법을 배우지 못한 셈입니다. 그 대신 철저히 무감無感하는 법을 아이들은 압니다. 무감정, 무감동, 무감각. 그러나 무감의 모래로 이루어진 사회는 황량한 사막 같지 않을까요? 저는 그것이 두렵고 걱정되었습니다.

우리 선조들은 삶에서 수많은 감정을 느꼈습니다. 유배지에서의 비참한 생활에 좌절하고, 나이 오십이 될 때까지 시집을 못 가 서러웠지요. 또, 전장에서 혼자 도망치는 권력자를 보며 분노하고, 전쟁 때 헤어진 가족과 이십 년 만에 만나 목 놓아 울어요. 다양한 감정은 이야기가 되었습니다. 인간을 인간답게 하는 건 감정이란 걸 우리 조상들은 알았지요. 『십대를 위한 고전문학 사랑방』의 이번 주제는 '감정'입니다.

『중용』에서는 칠정七情을 제시합니다. 기쁨, 노여움, 슬픔, 즐거움, 사랑, 미움, 욕심 이렇게 일곱 가지 감정이죠. 독자들이 이 책을 읽으며 무언가를 '느꼈'으면 합니다. 그래서 무감의 모래로 이루어진 황량한 사막에 여러 감정이 모여서 생긴 오아시스가 점점 많아지면 좋겠어요. 그 오아시스의 다른 이름은 인간다움일 겁니다.

박 진 형

등장인물

이심전심以心傳心이란 말 들어보았나요? 마음에서 마음으로 전한다는 뜻이에요. 진리를 깨닫기 위해선 말이나 글보다도 마음이 중요하다는 의미지요.

감정은 어떤 일에 대해 일어나는 마음입니다. 감정을 느낀다는 건 무언가에 마음을 갖는 셈이지요. 그렇기에 감정은 세상과 나를 이어주는 마음의 다리일 거예요.

이 책에는 여러 사람이 나옵니다. 슬퍼하는 후궁, 욕심내는 따오기, 원망하는 여인, 아내를 못 잊는 남편, 즐거움을 누리는 친구 등 무척 다양해요. 쌤과 세 친구는 이들이 느꼈을 감정에 대해 도란도란 이야기를 나눕니다. 그리고 같이 웃고, 함께 울면서 여기에 공감하지요. 여러분도 마음의 문을 활짝 열고 같이 느껴보세요. 마음은 마음으로 통하니까요.

쌤 이 시대의 전기수(傳奇叟, 책 읽어 주는 사람)를 꿈꾸는 국어 선생님. 문학을 통해 아이들과 진솔하게 이야기하는 것을 좋아한다.

붕이 통통한 외모에 졸린 듯한 작은 눈을 가진 곱슬머리 남학생. 생긴 것과 달리 재치가 뛰어나고 입담이 좋다.

나정 외모와 연애에 관심이 많은 여학생. 진정한 사랑을 꿈꾸는 발랄한 성격의 소유자. 상상력이 풍부하고 특유의 쾌활함으로 주변 분위기를 이끈다.

동구 굳게 다문 입과 강렬한 눈매로 항상 상대방을 바라보는 남학생. 과묵한 편이지만 지식이 풍부하고 생각이 깊다.

목차

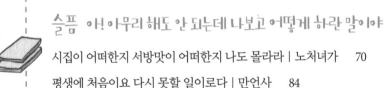

감정이란 것은
끝이 없는 것인지도 모른다.
왜냐하면 감정은 표현하면 할수록 더욱
그것을 표현할 수밖에 없기 때문이다.

E. M. 포스터

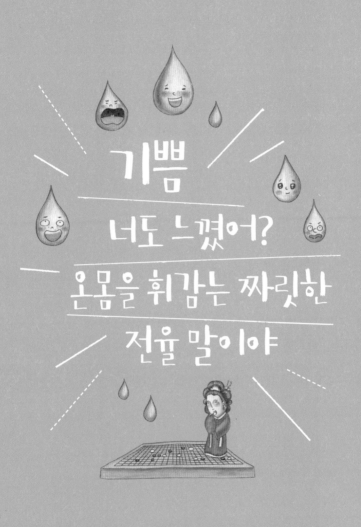

세상은 넓구나!
이 자리에 이르러 통곡하고 싶다

〈통곡할 만한 자리〉

쌤 반갑습니다. 여러분, 잘들 지냈나요?

붕이 으아아앙, 쌤, 너무너무 보고 싶었어요.

나정 쌔앰! 나정이는 오매불망 쌤만 생각했답니다.

쌤 하하, 다들 애교가 늘었군요. 방학 잠깐 보내고 다
시 만난 건데 왜들 그래요.

동구 안녕하세요. 쌤, 잘 지내셨지요?

쌤 그래요, 동구도 많이 큰 것 같군요.
오늘부터 새롭게 시작하는 주제는 고전문학 속 감정입니다. 감
정은 뭘까요? 쌤은 감정이란 인간을 인간답게 하는 원천이라
고 봐요. 돌덩어리나 모기가 감정을 느낀다고 보진 않지요. 그

러나 인간은 감정을 느낍니다. 그 감정을 통해 인간의 본래 모습을 엿볼 수 있지요. 아주 중요하고도 흥미로운 주제라고 생각해요.

자, 작품에 들어가기 전에 하나 묻지요. 여러분 혹시 여행 가서 기억에 남을 만한 멋진 풍경을 본 적 있나요? 아무거나 좋으니까 말해봐요.

나정 아, 전 초등학교 때 미국에 갔다 온 적이 있는데요, 그때 보았던 그랜드캐니언을 잊지 못해요. 노을 아래로 깔린 황토 빛 산줄기가 정말 아름다웠어요.

붕이 어? 너 미국도 가본 적 있어? 근데 영어는 왜 이렇게 못해?

나정 헐, 미국 가본 거랑 영어랑 무슨 상관이래?

붕이 아니, 거기서 말은 어떻게 하고 다녔을까 궁금해서.

나정 야, 보디랭귀지만 해도 다 다니거든?

쌤 하하, 붕이는 뭐 기억나는 거 없나요?

붕이 전에 제주도로 여행 간 적이 있는데요, 거기에 정방폭포를 보고 입이 쩍 벌어졌어요. 솨 하는 물소리가 황홀했답니다.

동구 음, 저는 밤하늘을 수놓은 북극의 오로라를 봤어요.

붕이 헐, 대박.

동구 물론 사진으로.

붕이 야, 재미없는 거 알지?

쌤 그래요, 나중에 실제로 볼 일이 있겠죠. 아무튼, 다들 좋은 풍경을 보았네요. 그런데 그 멋진 모습을 보고 어떤 마음이 들었나요? 혹시 울고 싶은 마음이 들지 않았나요?

나정 네? 운다고요?

붕이 아니, 누가 폭포 앞에서 우나요? 그게 슬픈 일도 아닌데.

쌤 안타깝네요. 여러분은 진정으로 가슴 벅찬 경험을 해보지 못한 것 같으니까요. 혹시 조선 시대 박지원이라는 사람을 아나요?

동구 실학자 겸 소설가 아닌가요? 〈호질〉, 〈양반전〉, 〈허생전〉 등을 썼잖아요.

나정 맞아. 다들 중요한 작품이라 시험에도 많이 나오지.

붕이 거기에다 『열하일기』도 있잖아. 청나라에 가서 보고 느낀 걸 쓴 기행문.

쌤 잘들 아네요.

붕이 헤헤, 이 정도야 기본이지요.

쌤 그렇지만 여러분, 단순히 작품 제목을 아는 게 중요한 건 아니에요. 하나라도 제대로 알고, 그것을 깊이 있게 느끼며 자신의 것으로 만드는 게 중요하답니다. 오늘은 박지원이 쓴 〈통곡할 만한 자리〉를 살펴보지요.

동구 넵.

쌤 자, 이 작품은 붕이가 말한 『열하일기』 중 〈도강록(강을 건넌 기록)〉에 실려있습니다. 박지원은 외교 사절단인 팔촌 형 박명원을 따라 청나라로 향했지요.

때는 칠월 초팔일 갑신일(1780년 7월 8일)입니다. 박명원과 박지원은 같은 가마를 타고 강을 건너 냉정冷井에서 아침밥을 먹습니다. 참고로 냉정은 행정구역상 중국 요양시 소둔진이에요.

밥을 먹고 곧장 출발해 십여 리쯤 갔는데 하인 하나가 달려와 땅에 머리를 조아리고 외치네요. "백탑이 현신함을 아뢰오."

붕이 무슨 뜻이에요?

쌤 백탑白塔은 요양에 있는 높이 71미터짜리 13층 탑입니다. 엄청난 규모지요. 현신은 아랫사람이 윗사람에게 예를 갖추어 자신을 보이는 것인데요, 쉽게 생각해서 "이제 우리는 요동 땅에 들어섰습니다. 탑이 어르신께 인사드리러 옵니다."라는 의미예요.

나정 탑이 인사드리러 온다니 재미있네요. 호호.

쌤 그래요. 아마 하인도 신났겠지요. 그래도 아직 산기슭에 가리어 백탑은 보이지 않습니다. 말을 채찍질해 겨우 산기슭을 벗어나자 눈앞에 뭔가가 펼쳐지지요. 탁 트인 요동 벌판이네요. 천이백 리, 약 470킬로미터가 넘는 끝이 보이지 않는 대지. 서울에서 부산까지 거리보다 더 먼, 그 거대한 광야가 눈앞에 펼쳐진다면 여러분은 어떤 마음이 들까요?

동구 서울에서 부산보다 멀다고요? 뜨아, 상상만 해도 다리가 떨리네요.

붕이 와, 대박. 광야를 배경으로 얼른 사진 한 장 찍어야지. 셀카봉은 챙겨갔나?

쌤 하하, 조선 시대에 셀카봉 같은 건 없었겠지요. 박지원은 말을 멈추고 사방을 돌아보며 말합니다.

"좋은 울음터로다. 한바탕 울어볼 만하구나!"

나정 울음터라고요? 왜 울고 싶다고 하나요?

쌤 쌤이 묻지요. 나정이는 보통 언제 우나요?

붕이 아마 성적이 떨어졌을 때 아닐까요?

나정 야, 너 자꾸 불길한 소리 할래? 쌤, 전요, 슬픈 멜로 영화를 볼 때 눈물 흘려요.

쌤 그렇군요. 보통 우리는 슬플 때 울지요. 가족을 잃었거나, 시험에 떨어졌거나 할 때 말이에요. 그런데 다시 생각해봐요. 꼭 슬플 때만 우나요?

동구 음, 올림픽 금메달 땄을 때도 울잖아요. 기뻐서.

붕이 맞아. 또, 프러포즈 받을 때도 여자가 감동해서 울잖아. "오오, 그대여, 내 사랑의 반지를 받아주오."

나정 크크, 네가 그러면 울면서 도망갈 거 같은데?

쌤 하하, 여러분 말대로 사람은 슬플 때만 울진 않아요. 감정이 극에 달했을 때 절로 울음을 터뜨리지요. 한바탕 울고 싶다는 박지원의 말에 옆에 있던 박명원도 의아해합니다. 그러자 박지원이 답하지요.

"사람들은 다만 희노애락애오욕, 칠정 중에서 '슬픈 감정'만이 울음을 자아내는 줄 알지, 칠정이 모두 울음을 자아내는 줄은 모를 겝니다. 기쁨이 극에 달하면 울게 되고, 노여움이 사무치면 울게 되고, 즐거움이 극에 달하면 울게 되고, 사랑이 사무치면 울게 되고, 미움이 극에 달하여도 울게 되고, 욕심이 사무치면 울게 되니, 답답하고 울적한 감정을 확 풀어버리는 것으로 소리쳐 우는 것보다 더 빠른 방법은 없소이다. 울음이란 천지간에 있어서 뇌성벽력에 비할 수 있는 게요. 복받쳐 나오는 감정이 이치에 맞아 터지는 것이 웃음과 뭐 다르리요?"

동구 으음, 그렇군요.

쌤 우리가 주목해야 할 건 바로 칠정입니다. 기쁨, 노여움, 슬픔, 즐거움, 사랑, 미움, 욕심, 이 감정은 인간의 내면에서 자연스럽게 솟구쳐 오르는 느낌이지요. 그리고 이 감정이 극에 달할 때 우리는 자연스레 눈물을 흘립니다. 원하던 대학에 어렵게 합격했을 때 울고, 절친한 친구로부터 예기치 못하게 배신당했을 때 울고, 군에 입대하는 아들이 훈련소 앞에서 마지막 인사를 할 때도 우는 것처럼요.

붕이 주머니 탈탈 털어서 로또를 샀는데 1등이 되어도 눈물이 나오겠지요. 헤헤.

쌤 물론 그렇겠네요. 박지원은 계속 말합니다.

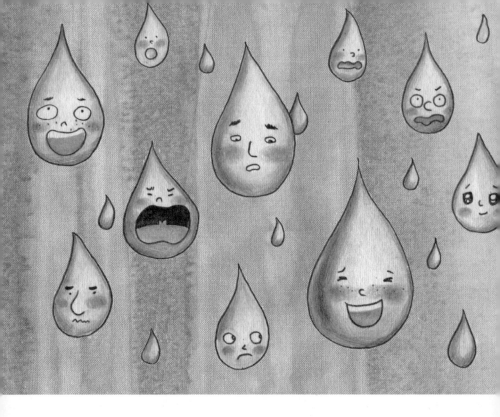

"사람들의 보통 감정은 이러한 지극한 감정을 겪어보지도 못한 채
교묘하게 칠정을 늘어놓고 '슬픈 감정'에다 울음을 짜 맞춘 것이오.
이러므로 사람이 죽어 초상을 치를 때 이내 억지로라도 '아이고', '어
이'라고 부르짖는 것이지요. 그러나 정말 칠정에서 우러나오는 지극
하고 참다운 소리는 참고 억눌리어 천지 사이에 쌓이고 맺혀서 감히
터져 나올 수 없소이다."

즉, 슬픔에 억지 울음을 짜내는 것은 진정한 울음이 아니라는

거지요. 그리고 가장 지극하고 참다운 소리는 쉽게 터져 나올
수 없다는 겁니다.

나정 음…, 울음에도 뭔가 오묘한 뜻이 담겨있네요.

쌤 그래요. 박명원도 이 말에 고개를 끄덕이며 묻지요. 그럼 자신
도 한바탕 통곡하려는데 칠정 가운데 어느 '정'을 골라 울어야
겠느냐고 말이에요.

동구 흐흐, 재밌네요.

쌤 여러분, 갓난아기가 처음으로 세상에 나오면 울잖아요. 왜 울
까요?

붕이 아기가 놀라서 그런 거 아닌가요?

쌤 왜 놀라나요?

붕이 확 밝아지니까요. 어두컴컴한 배 속에 있다가 세상에 나왔으니
까요.

쌤 분명 그럴 겁니다. 그럼 아기의 마음은 어떨까요? 붕이가 어두
컴컴한 동굴에서 겨우 빠져나왔을 때의 기분은 어떨 거 같아요?

붕이 '후아! 살았다. 다행이다.' 싶겠지요. 흐흐, 아기도 비슷하지 않
을까요?

쌤 훌륭합니다. 이제 여러분은 박지원의 답변을 듣고 이해할 수
있을 겁니다.

"갓난아이에게 물어보게나. 아이가 처음 배 밖으로 나오며 느끼는

'정'이란 무엇이오? 처음에는 광명을 볼 것이요, 다음에는 부모 친척들이 눈앞에 가득히 차 있음을 보리니 기쁘고 즐겁지 않을 수 없을 것이오. 이 같은 기쁨과 즐거움은 늙을 때까지 두 번 다시 없을 일인데 슬프고 성이 날 까닭이 있으랴? (…) 아이가 어미 태胎 속에 자리 잡고 있을 때는 어둡고 갑갑하고 얽매이고 비좁게 지내다가 하루아침에 탁 트인 넓은 곳으로 빠져나오자 팔을 펴고 다리를 뻗어 정신이 시원하게 될 터이니, 어찌 한번 감정이 다하도록 참된 소리를 질러보지 않을 수 있으리오! 그러므로 갓난아이의 울음소리에는 거짓이 없다는 것을 마땅히 본받아야 하리이다."

나정 음, 이해돼요. 아기가 좁은 곳에 있다가 탁 트인 넓은 곳으로 나와 기쁜 감정이 극에 달해 운다는 거네요.

쌤 그렇습니다. 그리고 우리는 알아야 합니다. 박지원이 왜 이런 말을 했는지를 말이에요.

당시 조선 사회는 그에게 호의적이지 않았습니다. 당대 권세가인 홍국영과의 갈등 때문에 그는 관직에 나가길 꺼렸지요. 게다가 사회의 보수성과 폐쇄성은 그에게 감옥처럼 느껴졌을 겁니다. 그런 그가 좁디좁은 조선을 벗어나 새로운 세상에 발을 디딥니다. 끝없이 펼쳐진 광활한 대륙으로요.

동구 자기 자신을 갓난아기에 비유한 셈이네요.

쌤 그렇습니다. 좁은 조선에서 포부를 펴지 못한 박지원이 넓은 요동 벌판 앞에서 느꼈을 기쁨에 공감이 가나요? 기쁨이 극에 달해 아예 통곡할 정도입니다. 이것이야말로 참된 울음이지요.

나정 음, 듣고 보니 그러네요. 작가가 얼마나 감격했을지 실감이 나요.

붕이 쌤, 저도 통곡할 지경입니다.

쌤 ?

붕이 오늘 너무 좋은 걸 배웠어요. 흑흑.

동구 크크크.

쌤 하하, 역시 붕이가 센스 있네요. 칠정은 인간이면 누구나 가지는 감정이죠. 이런 감정이야말로 인간을 이해하는 중요한 요소일 겁니다. 자, 우리는 〈통곡할 만한 자리〉를 통해 기쁨의 감정을 엿보았습니다. 왜 박지원이 통곡할 정도로 기쁜지도 알았고요. 오늘은 이것으로 마칩니다. 다음 시간에 다른 작품으로 만나요.

동구 감사합니다.

쌤의 한마디

데카르트는 "나는 생각한다. 고로 나는 존재한다."라는 말을 남겼습니다. 이성을 중시한 그의 사상을 엿볼 수 있습니다. 그러나 인간이 늘 이성적이지만은 않습니다. 오히려 마음속 감정이 극에 달해 진정한 울음을 터뜨릴 때 우리는 더욱 인간답게 살 수 있지 않을까요? 그렇기에 이 명제도 성립할 것 같습니다. '나는 통곡한다. 고로 나는 존재하다.'

〈통곡할 만한 자리〉, 박지원이 우리에게 하고 싶은 말은?

아이들은 감정을 숨기고 삽니다. 아니, 숨겨야만 합니다. 수업이 지루하다고 찌뿌둥한 표정만 짓고 있거나, 시험 보는 데 재미없다고 그림만 그리고 있다가는 선생님께 된통 혼나기 마련이지요. 재미있는 얘기를 들어도 피식 웃어넘겨야 합니다. 나 혼자만 미친 듯이 깔깔거린다면 주위 친구들로부터 이상한 놈 취급받기에 십상이니까요. 그래도 어른들보다는 상황이 나을지 모릅니다. 직장 상사에게 질책을 들어도 그 앞에서 울분을 토하긴 어렵지요. 엉엉 울어버린다면 더 이상할 겁니다. 기쁘나 슬프나 체면을 유지하려면 늘 한결같아야 합니다. 포커페이스란 말처럼요.

이 모습을 박지원이 보면 안타까워하지 않았을까요? 그 역시 좁디좁은 조선 사회에서 많은 걸 감추고 참으면서 살아왔으니까요. 명문가에서 태어났지만, 당대 실세였던 홍국영과 갈등을 겪은 그는 과거를 포기하고 가족과 황해도 금천 연암골에 들어가 살았습니다. 〈양반전〉, 〈민옹전〉 등의 작품은 세상을 향한 그의 비판적 시각을 잘 보여주지요.

비로봉 꼭대기에서 동해를 굽어보는 곳에 한바탕 통곡할 '자리'를 잡을 것이요, 황해도 장연의 금모래밭에 가면 한바탕 통곡할 '자리'를 얻으리니, 오늘 요동 벌판에 이르러 이로부터 산해관 일천이백 리까지의 어간은 사방에 도무지 한 점 산을 볼 수 없고 하늘가와 땅끝이 풀로 붙인 듯, 실로 꿰맨 듯, 고금에 오고 간 비바람만이 이 속에서 창망할 뿐이니, 이 역시 한번 통곡할 만한 '자리'가 아니겠소!

박지원은 넓은 요동 벌판을 가리켜 호곡장好哭場이라고 표현합니다. '울 만한 자리'라는 뜻이죠. 그는 크게 웁니다. 기쁨의 통곡이었지요. 자유로움, 해방감, 황홀함 이 모든 감정이 그의 울음 속에 담겼을 겁니다. 어쩌면 우리에게도 울 만한 자리가 필요하지 않을까요?

이 무정한 사람아,
그래도 내겐 그대밖에 없어요

〈예성강곡〉

동구 안녕하세요, 쌤.

쌤 반갑습니다. 다들 있네요.

나정 어라, 근데 오늘은 아무것도 안 들고 오셨네요.

붕이 그러게. 빈손으로 오셨네. 혹시 오늘 수업 안 하나요? 그럼 다 같이 땡땡이?

쌤 하하, 그럴 리가요. 수업합니다. 다만 오늘은 여러분의 역할이 좀 더 중요해요.

붕이 저희 역할이요? 그게 무슨…?

쌤 자, 오늘 수업할 작품이 뭐지요?

나정 〈예성강곡〉이요.

쌤 그런데 작품이 없습니다.

동구 ?

쌤 작품이 현재 남아있질 않아요.

붕이 헐, 그럼 뭘 배우나요?

쌤 여러분 모두 좀 당황스러운 것 같네요. 작품이 없는데 작품을 배우자니까요. 그러나 걱정하지 마요. 배울 거야 얼마든지 있으니까요.

먼저 이 〈예성강곡〉에 대해 살펴봐야겠지요. 예성강은 황해도 동남쪽에 있는 강입니다. 황해도 언진산에서 시작해 신계, 남천을 거쳐 서해로 흘러가지요. 특히 예성강 하구에 있는 벽란도는 국제 무역항으로 고려 때 크게 번성한 항구입니다. 수도인 개경에서 불과 12킬로미터 정도밖에 떨어지지 않았거든요. 하나 묻지요. 벽란도가 국제 무역항이라고 했는데, 주로 어느 나라와 교역했을까요?

동구 서해를 이용했다면 중국 아닌가요?

쌤 그렇습니다. 당시 중국 송나라와 고려 사이엔 뱃길을 이용한 무역이 활발했지요. 특히 송나라 상인은 수백 명씩 떼를 지어 고려에 왔는데요, 그 상인들을 통솔하는 우두머리를 두강^{頭綱}이라고 불렀습니다. 〈예성강곡〉은 두강과 고려인 부부에 얽힌 이야기입니다. 잘 들어보세요.

붕이 오, 왠지 재밌겠다.

쌤 어느 날 하 씨 성을 가진 두강이 예성강 어구에 배를 대고 물건을 거래하고 있습니다. 그런데 저쪽 객사 부근에 뜻밖의 미녀가 있네요. 중국의 하 두강이 고려의 미인을 본 겁니다. 그는 한눈에 그녀에게 반했지요.

두강은 송나라 상인들의 우두머리 격이라고 했지요? 돈이 부족하진 않습니다. 그녀를 취하는 데 한 가지 걸림돌이 있을 뿐이에요. 그녀는 한 남자의 아내였던 것이죠.

동구 흠, 유부녀였군요.

쌤 그렇습니다. 그래도 미인을 본 하 두강은 쉽게 포기하지 않습니다. 어떻게든 그녀를 데려가고자 마음먹지요. 그래서 수소문한 끝에 여인의 거처를 알아내고, 여인의 남편이 바둑을 좋아한다는 사실을 듣게 됩니다.

붕이 설마….

쌤 정보를 얻었으면 그것을 최대한 활용해야겠죠? 하 두강은 그녀의 남편을 우연히 만난 것처럼 가장해 얘기를 나누며 친분을 쌓습니다. 마침 공통의 취미가 있네요. 바둑을 둬봅니다. 그러나 하 두강은 여인의 남편에게 계속 지지요. 내기로 걸었던 재물도 조금씩 잃어가면서요. 남편은 속으로 생각합니다. '봉 잡았네, 봉 잡았어!'

그러나 그는 전혀 모르고 있었습니다. 사실은 하 두강이 엄청난 바둑의 고수라는 것을요.

나정 아, 속아 넘어가고 있네요.

쌤 그래요. 자, 하 두강은 상당한 재물을 잃었습니다. 남편이 미끼를 잔뜩 문 셈이지요. 여기서 하 두강은 마지막 제안을 합니다. 아마 이랬을 거예요. 저 배를 포함한 내가 가진 모든 것을 걸 테니, 당신도 그에 상응하는 것을 걸라고 말이지요.

'그에 상응하는 것?' 남편은 생각합니다. 하 두강은 곧바로 응수하지요. 당신의 아내를 걸라고요. 여기서 남편은 고민하기 시작합니다. 아내를 걸고 하 두강이 가진 모든 것을 딸 것인지, 아니면 여기서 순순히 그만둘 것인지를 말이에요. 여러분이라면 어떻게 할래요?

붕이 음…, 고민스럽네요.

나정 헐, 어쩜. 야! 넌 이게 고민거리가 되니? 이 몹쓸 놈아.

동구 저라면 당연히 안 합니다. 아내를 걸다니요.

쌤 아마 실력이 막상막하였다면 절대 내기가 성립하지 않았겠죠. 그러나 남편이 보기에 하 두강은 바둑 하수입니다. 지금까지 계속 이겼거든요. 게다가 그가 가져온 배와 수만금의 재물도 남편의 마음을 흔들었을 겁니다.

강렬한 유혹을 이기긴 쉽지 않지요. '그래, 딱 한 판만 더 이겨서 저 모든 걸 내 것으로 만들겠어. 그래서 여생을 편하게 보내야지.'라는 마음이 들었겠지요. 남편은 하 두강의 제안을 받아들입니다.

나정 마음이 문제네요, 마음이.

쌤 둘은 다시 내기 바둑을 시작합니다. 이번엔 하 두강의 진짜 실력이 나오지요. 남편은 그의 달라진 실력에 놀라지만, 도중에 그만둘 순 없습니다. 순식간에 바둑은 하 두강의 승리로 끝나고, 그는 여인을 데려가지요.

동구 허.

쌤 예성강 어구에 있던 배는 그의 아내를 태운 채 유유히 떠납니다. 아내는 뱃전에서 하염없이 눈물만 흘리네요. 중국으로 향

하는 배에 자기 아내가 끌려가는 모습을 지켜보는 남편의 심정
은 어땠을까요? 억장이 무너졌겠지요. 그는 저 멀리 사라져 가
는 배를 보며 노래를 부릅니다. 그 노래가 〈예성강곡〉의 전편
입니다.

한편 남편과 헤어지고 배를 탄 아내는 어땠을까요? 억울하고
슬픈 데다 두렵기까지 했을 겁니다. 그러나 여인은 굳은 의지가
있었어요. 목숨을 버리지 않고 자기 자신을 지키기로 합니다.
잠시 기록을 볼까요?

세상 전설에 의하면 부인이 떠나갈 때 몸을 아주 단단히 조여서 하두강이 음란한 짓을 하려고 했으나 하지 못했다.

동구 음, 그래도 현명하게 대처했네요.

쌤 그렇습니다. 그녀는 절망적인 상황에서도 포기하지 않아요. 그리고 그런 의지가 있는 사람을 하늘은 돕나 봅니다.
넓은 바다로 나갔을 때 갑자기 폭풍이 불며 배가 앞으로 나아가질 못합니다. 제자리를 맴돌 뿐이죠.
배 안의 모든 사람이 놀라 점술가에게 이유를 묻습니다. 점을 쳐 본 후 그가 대답하지요.

지금 이 배에는 하늘에 통해있는 정절부인이 타고 있어서 서해 용왕께서 진노해서 배를 못 가게 하는 것이다. 배가 무사히 건너가려면 정절부인을 고려국으로 돌려보내야 한다.

붕이 오, 정말 하늘이 돕네요.

쌤 이 말에 하 두강은 펄펄 날뛰지만, 그래도 배가 앞으로 나아가질 못하는데 어찌합니까. 할 수 없이 방향을 고려 쪽으로 돌리니 배가 쑥쑥 나갑니다.
무사히 배에서 내린 아내는 눈물을 흘리며 남편에게로 뛰어갑니다. 이 둘은 서로를 얼싸안지요. 여인의 마음은 어땠을까요?

그때 그녀가 불렀던 노래가 〈예성강곡〉 후편입니다.

나정 아, 정말 감동적이네요.

쌤 그렇지요. 자, 이제 여러분의 차례입니다.

붕이 ?

쌤 쌤이 방금 이야기한 건 『고려사』의 〈악지〉에 전합니다. 안타깝게도 〈예성강곡〉의 가사 자체는 전하지 않지만요. 그러나 전하지 않는다고 해서 문제가 될 건 없습니다. 우리가 그 유래를 듣고 어떤 노래일지 상상해볼 수 있잖아요? 그리고 직접 지어볼 수도 있고요.

붕이 헐, 혹시 저희보고 지어보라는 의미인가요?

쌤 물론이죠.

붕이 뜨아.

쌤 하하, 너무 부담 가질 것 없어요. 여러분은 이미 많은 작품을 쌤과 함께 공부했답니다. 충분히 할 수 있어요. 믿음을 가져요.
쌤이 두 가지만 알려줄게요. 첫째, 작품을 지을 때는 화자를 고려해야 해요. 그가 어떤 상황인지, 또 어떤 심정일지 말이에요. 둘째는 형식입니다. 〈예성강곡〉은 고려가요입니다. 요즘으로 치면 노랫말이에요. 여러분 노래 많이 듣잖아요? 부르기 좋게, 운율을 살려서 만들면 됩니다. 이 노래는 남편이 부른 전편과 아내가 부른 후편으로 되어있으니까 붕이랑 동구가 각각 전편을 만들고, 나정이가 후편을 만들면 되겠네요.

붕이 으음, 어렵겠다.

동구 까짓것 한번 해보지 뭐.

나정 그래. 못할 게 뭐 있어?

쌤 좋습니다. 시간이 많지 않으니 조금 서두르지요.

붕이 야, 남편의 심정은 당연히 슬펐겠지?

동구 슬픈 데다가 미안했겠지. 무리하게 욕심내다가 아내를 잃은 셈
이니까.

붕이 음, 그래. 또, 무슨 내용이 들어가야 하지?

동구 아내를 끝까지 기다리겠다거나, 나중에 어떻게든 찾으러 가겠
다는 내용도 괜찮을 거 같은데.

붕이 배가 침몰해서 내 아내만 살고 나머지는 죽으라는 내용은 좀
그런가?

동구 어, 그건 좀 별로야.

나정 애들아, 좀 작게 말할래? 창작에 집중하는 데 방해되잖아.

붕이 허, 그래? 얼마나 잘 쓰시는지 한번 기대해보마.

쌤 자, 이제 시간이 된 것 같네요. 먼저 남편이 불렀다는 전편을 들
어볼까요? 동구부터 해볼래요?

동구 앗, 제가 처음이라니 좀 쑥스럽네요. 흠흠, 그럼 한번 읽어볼게요.

　백돌같이 반짝이는 미래

　그대와 함께 살아갈까 하였는데

흑돌같이 어두운 지금

나 홀로 항구에 앉아있다

남은 생에 다시 못 올 사랑인 줄 알지만

나 홀로 그대를 바라보리라

아으, 내 그대를 구할 수만 있다면

이 몸 이곳에서 백골이 될 때까지 기다리리

붕이 헐, 대박 잘한다.

나정 와우, 멋져, 멋져.

쌤   바둑돌로 자기 심정을 표현했군요. 백돌과 흑돌의 비유가 적절
하네요. 좋습니다.

동구 헤헷, 감사합니다.

쌤   이번엔 붕이가 해볼까요?

붕이 으음, 앞에서 워낙 잘해서 부담스럽네요. 일단 들어보시죠. 에
헴, 에헴.

서쪽 바다 노을은 지고

이젠 슬픔이 돼버린 그대를

다시 부를 수 없을 것 같아

또 한 번 불러보네

바둑 두는 날엔 난 항상 널 그리워해

언젠간 널 다시 만나는 그 날을 기다리며

비 내린 하늘은 왜 그리 날 슬프게 해

흩어진 내 눈물로 널 잊고 싶은데…

동구 응? 응?

나정 야, 이거 어디서 많이 들어본 거 같은데? 혹시 가사 아니야? 설
마 〈서쪽 하늘〉?

붕이 앗, 이 노래를 알다니. 〈서쪽 바다〉로 살짝 바꾸었건만.

쌤 음, 다른 노래의 가사를 그대로 가져다 쓰면 안 되지요.

나정 너 탈락.

붕이 흐흑, 이럴 수가.

쌤 자, 마지막으로 나정이가 해보지요. 기대됩니다.

나정 호홋, 기대까진 안 하셔도 되는데…. 아무튼 해볼게요.

황해의 바닷물은 고려를 향하는데

슬프다 이 내 몸은 만리타국을 향하네

이 배에서 내리면 앞일을 알 수 없으니

옷가지를 단디 매어 떳떳하게 살아보자

어와 서해 용왕 은혜가 산과 같다

아녀자 한을 보시고 바다를 뒤집으시니

하 두강 제아무리 앞으로 나가려 한들

나를 놓아주지 않고 갈 수 있으랴

고향 땅에 돌아오니 만사가 황홀하다

저 멀리 보이는 것이 남편인가 아닌가

왜 그랬소 왜 그랬소 그 손 한번 잡아보자

아내 소중한 줄 모르고 돈에 눈멀어 그랬구나

울기는 왜 우는가 뭘 잘했다고 우는가

눈물 콧물 범벅으로 참으로 못났구나

내가 어쩌자고 이런 사람과 결혼했나

그래도 돌아오니 참으로 행복하다

동구 와.

붕이 허, 인정하기 싫지만 잘 썼다. 눈물 찔찔 흘리는 남편의 모습이
      그려지네.

쌤   아주 훌륭하군요. 아내의 따뜻한 마음이 잘 느껴집니다. 나정
      이가 창작에도 재능이 보이네요.

나정 감사합니다, 쌤. 호호.

쌤 여러분의 작품 잘 들었습니다. 감상을 넘어 창작할 때 문학은 우리 삶에 훨씬 와 닿는 것 같네요. 오늘 무척 즐거웠습니다.

동구 넵! 감사합니다.

쌤의 한마디

남편을 그리워하는 아내의 마음은 하늘도 감동하게 합니다. 그녀는 고국으로 돌아와 남편을 만날 수 있었지요. 이별과 후회, 그리고 재회를 통한 고려 시대의 사랑 이야기를 들을 수 있었습니다. 여기서 중요한 것 하나. 사랑하는 사람을 두고 재물과 저울질해서는 안 됩니다. 진정한 사랑은 천만금으로도 살 수 없으니까요.

〈예성강곡〉,
노래는 문학이자 우리네 삶이다

이 작품은 작자·연대 미상의 고려가요로 전후 두 편으로 되어있습니다. 안타깝게도 노랫말은 남아 있지 않고, 『고려사』〈악지〉에 그 유래만 전하지요.

예성강은 고려 때 중국과 가장 가까운 대외 무역항이었습니다. 당시 남송의 배가 항주, 영파 등지에서 이곳으로 자주 오갔지요. 상업이 발달하고 사람들의 왕래가 잦아지면서 다양한 일이 벌어졌을 겁니다. 하 두강과 고려인 부부의 이야기도 그중 하나지요.

이 작품에서 주목할 부분은 노래를 만들어 부르는 상황입니다. 남편은 아내를 떠나보내며, 그리고 아내는 다시 남편을 만나며 노래를 불렀습니다. 이들은 노래로 진실한 감정을 표현했지요. 노래는 문학이자 삶이었습니다.

우리는 살면서 많은 감정의 변화를 겪습니다. 때론 이별의 슬픔에 눈물 흘리고, 후회의 아픔에 잠 못 이루기도 하지요. 때론 떨어진 성적표에 한숨을 내쉬고, 불합격 통지서에 좌절하고요. 어쩌면 그때 우리를 위로해줄 수 있는 건 노래 아닐까요? 마음속 진솔한 감정을 그대로 드러낼 수 있는 노래 말이에요. 고려가요 중 유명한 이별 노래 〈가시리〉를 보며 마무리하겠습니다.

　　가시렵니까 가시렵니까
　　저를 버리고 가시렵니까

　　저는 어찌 살아가라고
　　저를 버리고 가시렵니까

　　붙잡아두고 싶지만
　　다시는 오지 않을까 두려워

　　서러운 임 보내 드리니
　　가시는 듯 돌아오소서

얘야,
경징이풀이 핏빛인 이유를 들려줄게

〈강도몽유록〉

동구 오늘부터 분노의 시작이다.

붕이 ?

동구 수업 주제가 분노라고.

붕이 아, 난 또 뭐라고. 분노의 시작이라고 해서 깜짝 놀랐네.

나정 쌤이 오시면 이것부터 물으실 거야. "여러분은 언제 분노하나
　　　요?" 호호호.

붕이 크크크, 맞아. 또, 이것도 물어보실 거야. "왜 우린 분노할까
　　　요?"

쌤 참 재미있게들 노는군요.

나정 앗, 쌤, 언제 오셨어요?

쌤 방금 왔답니다. 나정이가 물었으니 직접 대답해봐요. 언제 분노하는지.

붕이 크크.

나정 분노할 때요? 음…, 옆에 앉은 못생긴 애가 자꾸 신경 긁을 때요.

붕이 어라, 너 어쩜 나랑 생각이 그리 똑같으니? 우리 뭔가 통하는 거 같다.

나정 허, 별꼴이야.

쌤 분노는 분개하여 몹시 성을 낸다는 의미입니다. 성낼 노怒라는 한 자를 살펴보면 일하는又 여자女, 즉 노예奴의 마음心을 뜻하지요. 노예의 마음은 왜 성날까요? 여러 가지 이유가 있겠지만, 무엇 보다 자유롭지 못해서일 겁니다. 즉, 자유를 억압받고, 원치 않 는 어떤 일을 강요당하기 때문이지요. 여러분도 그런 경험이 있 었을 거라 생각합니다.

오늘 배울 작품은 1636년 병자호란 당시 죽음을 강요당했던 여 성들의 분노가 느껴지는 작품입니다. 이 작품은 우리의 씁쓸한 역사를 돌아보게 하지요. 준비됐나요?

동구 넵.

쌤 〈강도몽유록〉의 강도는 강화도입니다. '몽유록'은 꿈속에서 펼 쳐진 일을 의미하고요. 적멸사라는 절에 청허선사라는 스님이 있었습니다. 이분은 병자호란 때 강화도에서 죽은 사람들의 시 신을 거두며 다니지요. 어느 날 꿈에서 열다섯 명의 여인네가 모여 이야기하는 모습을 봅니다. 그런데 여인들의 몰골이 말이 아니에요.

(…) 이에 걸어 나아가 잘 살펴보니 한 길쯤 되는 밧줄이 가는 목에 매어져 있으며, 혹은 한 장쯤 되는 칼날이 목에 박혀 있고, 혹은 부서진 뼈에서 피가 나오며, 혹은 머리가 모두 깨어졌으며, 혹은 입과 배에 물이 가득 찼다. 그 처참한 형세를 차마 볼 수가 없었다.

나정 아, 끔찍하네요.

쌤 그래요. 이들은 모두 전쟁 통에 목숨을 잃은 여인들입니다. 아무 힘없던 부녀자들이지요. 여인들의 죽음에는 각각 사연이 있습니다. 첫째 부인의 말을 들어볼까요?

"아! 내가 목숨을 잃은 것은 하늘이 그렇게 만든 것입니까? (…) 이 지경에 이르게 한 분이 있으니, 이는 남편입니다. 왜냐하면, 그는 사사로운 정만을 생각하여 강화도 수비라는 중요한 직책을 아양 떠는 아들에게 맡겼습니다. 아들은 재물을 밝히고, 꽃과 달 아래 술 취하는 것을 좋아하면서 멀리 생각하는 것은 까맣게 잊었으니 어찌 이곳을 지킬 수 있었겠습니까?"

붕이 음, 남편과 아들을 비난하는 것 같네요.

쌤 이제부터 여러분은 슬픈 역사를 들을 겁니다. 귀 기울여 듣기
바랍니다. 이 사실을 제대로 알아야 여러분 세대에 같은 실수
를 반복하지 않을 테니까요.

조선 인조 때 청나라가 침입한 사실을 여러분은 알 겁니다. 병
자호란이죠. 청군이 남쪽으로 밀려들어 오자 인조는 며느리,
아들, 손자 등 왕실 인척들과 조정의 중신들을 강화도로 피란
보냅니다. 인조 역시 강화도로 피란 가려 했지만, 청의 진군 속
도가 예상보다 빨라서 강화도로 가는 길이 차단당합니다. 할
수 없이 인조는 남한산성으로 피신하게 되지요.

동구 아, 원래는 강화도로 가려고 했는데 그쪽으로 갈 수 없어서 남
한산성으로 들어간 거군요.

쌤 그렇습니다. 그래도 왕족과 중신들이 강화도로 피란 갔으니 그
곳을 책임질 관리를 임명해야겠지요. 누구로 할까 고민하는데
영의정 김류가 한 인물을 추천합니다. 바로 자기 아들인 김경징
을 말이에요. 김경징이 이 임무를 감당할 수 있겠느냐고 임금이
묻자 김류가 답합니다. 적을 막아 지키는 데 어찌 감히 마음과
몸을 다하지 않겠느냐고요.

붕이 음.

쌤 그러나 이것은 비극의 시작이었습니다. 당시 섬이던 강화도에
가려면 배를 띄워야 하는데, 얼음이 얼어서 하루에 한 번밖에
배가 다닐 수 없었지요. 이 상황에 김경징은 누구를 먼저 태웠

을까요? 왕자나 세자빈이요? 아닙니다. 그의 가족과 재물부터 먼저 나르기 시작합니다. 혹독한 추위 속에 이틀 밤낮을 떨며 굶주리던 세자빈이 "김경징아, 김경징아, 네가 차마 이런 짓을 하느냐!"라고 외쳤다고 하지요. 왕족이 이러니 백성이야 뭐 말할 것도 없었어요.

붕이 헐.

나정 어이없다, 정말. 완전 이기적이네.

쌤 그뿐만이 아닙니다. 강화도는 섬이라 청군이 오지 못할 거라 생각해 매일 잔치를 열고 술에 빠져 삽니다. 수비는 아예 뒷전입니다. 〈강도록〉에 보면 갑곶 아래에서 연미정 북쪽까지 몽둥이를 든 사람 하나 없었다고 하지요. 주위에서 뭐라고 하자 그가 답합니다.

"아버지는 도체찰사(전시의 최고 군직, 요즘으로 치면 원수급)가 되고, 아들은 도검찰이 되어, 국가를 위하여 큰일을 다루는 것이 우리 부자가 아니고 누구냐?"

그러나 청군이 몰려오자 그는 해안선을 포기하고 강화성으로 후퇴합니다. 곧 이곳도 포위되었지요. 이미 주민들은 청군에게 피비린내 나는 약탈과 살육을 당합니다. 목을 베인 시체가 산더미를 이루고, 여인네는 겁탈당하고, 부모 없는 고아들은 울부짖을 뿐이지요. 이 상황에서 김경징은 가족을 버려둔 채 나룻배를 타고 몰래 빠져나갑니다. 그의 아들 김진표는 제 할머니와 어머니를 협박하여 스스로 목숨을 끊게 하지요.

나정 아 놔, 정말 듣다 보니 확 열 오르네요.

붕이 헐, 뭐 저런 놈이 다 있나?

동구 무능한 책임자 때문에 애꿎은 백성만 죽어나네요.

쌤 "시체는 쌓여 들판에 깔리고, 피는 강을 이루었다. 눈 위를 기어 다니거나, 죽거나, 이미 죽은 어미의 젖을 빠는 아이가 헤아릴 수 없이 많았다." 역사서에 쓰인 당시의 참혹한 광경입니다. '경징이풀'이라는 게 있는데요, 갯벌에 자라는 붉은 염생식물인 나문재를 가리킵니다. 당시 청군의 말발굽 아래 죽어가던 사람들이 "경징아, 경징아." 하고 울부짖었지요. 얼마나 그를 원망하는 마음이 가슴에 사무쳤으면 핏빛 나문재를 보며 경징이풀이라고 했을까요. 그 외침이 아직도 들리는 것 같습니다.

붕이 으….

동구 그런 슬픈 사연이 있었군요. 답답하네요.

쌤 그렇습니다. 첫째 부인은 바로 김경징의 어머니이자 김류의 아내인 유씨입니다. 그녀의 통곡이 이해 가지요. 무능한 자기 아들 대신, 좀 더 유능한 인물이 강화도를 맡았더라면 이렇게까지 비극적이진 않았을 테니까요.

두 번째 부인은 바로 김경징의 아내입니다. 그녀도 할 말이 많았지요.

"낭군은 자기 재주에 감당치도 못할 중책을 맡아 험한 지형만을 믿고 군대를 다스리는 데 게을렀습니다. 피해가 여기까지 이르러 막기 어려운 것은 마땅한 이치입니다."

나정 어휴, 무능한 남편들 보면서 너무나 원통했겠네.

붕이 그러게. 여자는 남편을 잘 만나야 하는데, 그렇지?

나정 허, 얘는 무슨 봉건시대 같은 소리를 하고 있네. 무책임한 남자들 때문에 피바다가 되었잖아!

붕이 아아, 예, 황송합니다요.

동구 진정해. 화 풀어.

쌤 이 외에도 여러 부인이 나와 남편, 자식, 시아버지 등의 잘못을 비판하며, 죽음을 한탄합니다. 몇 명 더 보지요. 일곱 번째 부인입니다.

"내 아들의 행동이 바야흐로 크게 잘못되었다. 그러므로 늙은 목숨이 순식간에 끊어지고, 색동옷 입은 아이들도 칼끝에 피를 흘리니, 이는 사람의 일로 인한 것이요, 감히 운명이라 말할 수 있겠는가?"

당시 윤단 형제가 어머니와 처를 데리고 강화도로 피란했는데,

어머니가 연로해 달리지 못합니다. 그러자 형은 아우에게 자신이 배를 구해올 테니 어머니를 모시고 숨어있으라고 하고는 아내와 달아나버립니다. 아우와 어머니는 바위에 숨어있다가 잡혀서 결국 굶어 죽지요.

나정 허, 세상에 인간 말종이네요. 어떻게 저럴 수가 있지?

쌤 얼마나 맺힌 게 많았으면 귀신이 되어 이렇게 이야기할까요? 게다가 무능한 남자들은 오히려 명분만 중시합니다. 네 번째 부인이에요.

"나는 본디 왕비의 언니로 중신의 아내였습니다. (…) 나의 자식은 똑똑지 못하여 적의 칼끝이 다다르지 아니하였는데도 먼저 칼을 던졌습니다. 내가 자결하지 않는다면 어찌 남들의 말이 없겠습니까? 정절을 이루도록 권하여도 세상이 모두 비웃으며 꾸짖을 터인데, 하물며 또 오늘 열녀문을 내리다니 무슨 처사입니까?"

병자호란 때 많은 여인이 청군에 끌려가 말로 표현하기 어려운 비극을 겪습니다. 그 상황에서 아들은 어머니 앞에 칼을 던집니다. 몸을 더럽히지 말고 자결하라는 의미였죠. 어머니는 아들의 요구대로 자결합니다. 그런데 살아남은 아들은 어머니가 절개를 지켰다며 열녀문을 지어주지요. 정절을 위해 죽음을 강요한 셈입니다.

나정 아니, 자기 어머니를 죽여 놓고 이를 칭송하며 열녀문을 지었다는 게 어이가 없네요.

동구 휴, 저걸 보니 정말 할 말이 없네요.

쌤 정절은 절박한 문제였습니다. 결혼한 지 두 달 된 열두 번째 여인은 전쟁 때 물에 빠져 죽지요. 그러나 걱정이 큽니다. 자기 죽음을 지켜본 사람이 없으니까요. 그렇기에 자신이 살아서 오랑캐 땅에 끌려갔을지 남편이 의심하고 있을까 봐 불안합니다.

나정 아니, 도대체 정절이 뭔데 사람의 목숨보다도 중요한가요?

붕이 그러게. 나도 이해가 안 가네.

쌤 전쟁 자체만으로도 커다란 비극이지요. 그러나 정절이라는 사회적 가치를 위해 개인의 자유와 목숨을 짓밟는 것 역시 몹쓸 짓입니다. 당대를 지배하던 이념이 적의 칼날만큼이나 날카로워 보이네요.

동구 우울하네요. 왜 죄 없는 여인들이 억울하게 죽어야만 했을까요?

쌤 여러분 마음속에 뭔가 끓어오르는 게 있지요? 그것이 바로 분노일 겁니다. 잘못된 현실을 보고 모순과 부조리를 느낄 때 이 감정은 드러나지요. 분노를 소중히 여기세요, 여러분. 순수한 분노야말로 젊음의 특권이니까요. 그리고 그 분노를 올바르게 쓰는 법을 배우세요. 인간다움이 실현되는 사회로 나아가는 데 여러분의 성난 얼굴이 필요하니까요. 이것으로 마칩니다.

붕이 감사합니다.

세상을 바꾸는 데 필요한 건 분노입니다. 인간의 가치와 존엄성을 억압하고 훼손하는 그 모든 것에 우리는 분노해야 합니다. 영국의 청교도혁명(1649년), 프랑스대혁명(1789년), 한국의 광주민주화운동(1980년), 이 모든 것이 분노에서 시작되지 않았던가요? 우리는 기억하고 또 행동해야 합니다.

〈강도몽유록〉, 병자호란의 역사적 치욕을 낱낱이 드러내다

이 작품은 작자·연대 미상의 한문 소설입니다. 제목에서도 알 수 있듯이 꿈속 목격담을 담은 몽유록 형식으로 되어있지요. 몽유록은 내용에 따라 꿈속에서 이상 세계를 구현하는 작품과 현실의 문제를 날카롭게 비판하는 작품으로 나눌 수 있는데, 〈강도몽유록〉은 후자에 속합니다. 여기선 무고하게 희생된 여인들이 등장해 병자호란 당시 지배층의 부조리와 역사적 모순을 낱낱이 드러내지요.

아버님! 아버님! 살아서 이때를 만나 공훈과 업적을 이루지 아니하고, 도리어 나라를 저버림에 이르니, 누구를 원망하며 누구를 탓하겠습니까? 저는 여자인데도 오히려 부끄러움이 있습니다.

병자호란은 역사에 드문 치욕이었습니다. 나라가 짓밟히는 상황에서 위정자들은 백성을 버리고 자기 목숨을 지키기에만 급급했지요. 작가는 비참했던 강화도의 모습과 억울하게 희생당한 여인들을 통해 당시 현실을 규탄합니다. 호병에게 죽임을 당하거나 자결한 여인들의 이야기는 역사적 사실에 근거한 것이지요. 당시에 강화도 모

53

습은 어땠을까요?

아! 슬프다. 국운이 불행하여 온 세상에 무장한 병사요, 왕은 아무
도 도와주는 사람 없이 외로운 성에 있으니, 불행한 우리 백성의
반은 칼날과 활촉에 죽었는데 유독 저 강도만은 시체가 더욱 심하
여 시내에 흐르는 것은 피요, 산에 쌓인 것은 해골인데, 시체를 쪼
는 까마귀만 있고 그것을 장사 지내는 사람은 아무도 없더라.

그곳은 널브러진 시체들로 아비규환이었습니다. 〈강도몽유록〉
은 이런 현실에 적극적으로 문제를 제기하지요. 그러나 이 작품에도
한계가 있습니다. 정절을 강요하는 것을 문제 삼지만 그 이상 논의를
발전시키지 못하고, 어떠한 현실적 대안도 제시하지 못합니다. 비극
적 죽음을 맞이한 슬픈 여인들은 우리의 어머니였지요.

내 몸이 성하거든
회나 쳐서 잡수시지그래?

〈적벽가〉

나정 오, 네가 웬일이냐? 책을 다 들고 다니게.

붕이 아, 얘가 나를 무시하네. 나도 책 읽는다고. 삼국지, 뭔지는 알아?

나정 당연하지. 삼국지 모르는 사람도 있니?

쌤 나정이는 삼국지에서 어떤 부분이 가장 인상적인가요?

나정 음…, 글쎄요. 아! 유비가 제갈량을 데려오려고 세 번 방문하는 부분이요. 영웅은 인재를 알아보는 법이지요. 호호.

붕이 왠지 그 말 속에 네가 인재라는 뉘앙스가 느껴지는데? 컹.

쌤 그래요, 삼고초려 부분도 유명하지요. 붕이나 동구는 어떤가요?

붕이 삼국지 하면 무조건 전쟁이지요. 적벽대전, 유비와 손권 연합군 대 조조 백만 대군의 격돌, 이게 짱입니다.

동구 저도 전쟁이 가장 재미있는 부분 같아요. 관우나 장비, 여포 같은 장수들이 나와서 싸울 때요.

나정 어휴, 역시 남자들이란…. 싸우는 게 좋니?

쌤 삼국지에선 수많은 전쟁이 펼쳐지지요. 혼란스러운 시대였으니까요. 그런데 생각해봅시다. 실제로 누가 전쟁을 했을까요? 관우나 장비, 혹은 조조 같은 인물 혼자서 칼 들고 싸웠을까요? 아닐 거예요. 실제로는 그 밑에 있는 수많은 병사가 싸웠을 겁니다. 그리고 죽지요. 적의 칼에 베이거나, 창에 찔렸을 겁니다. 또, 추위에 동사하거나 전장에서 참수당하기도 했을 거고요. 매복한 적이 쏜 화살을 머리에 맞거나, 협곡에 갇혀 떨어지는 돌 더미에 몸이 깔리기도 했겠지요.

동구 아, 끔찍하네요.

쌤 전쟁은 원래 끔찍해요. 그렇기에 역사책에 단순히 '조조군과 유비·손권 연합군이 싸워 조조의 군대가 패했다.'라고 한 줄로 쓰여있더라도 우리는 쉽게 책장을 넘겨서는 안 됩니다. 그 한 줄에는 수많은 이의 피와 한이 서려있기 때문이죠.

역사는 승자의 기록입니다. 패자, 혹은 약자에겐 발언권이 없어요. 그러나 우리는 알아야 합니다. 그들도 입이 있고, 하고 싶은 말이 많다는 것을요. 그리고 문학을 공부하는 우리는 그들의 이야기에 주목해야 합니다. 이해되지요?

동구 넵.

쌤 오늘 함께할 작품은 〈적벽가〉입니다. 삼국지에서 가장 유명한 전투인 적벽대전을 그린 판소리 사설이지요. 그런데 이 작품에는 영웅 이야기만 나오지는 않습니다. 오히려 가족과 행복하게 살다가, 마을에서 평화롭게 농사를 짓다가 원치 않게 전쟁터로 끌려 나온 병사들 이야기가 전개되지요. 그들 처지에선 싸워야 할 대상이 누구인지, 왜 싸워야 하는지 알지 못합니다. 천하 통일이요? 천하가 통일되면 누가 밥이라도 먹여주나요? 싸우다가 개죽음이라도 당하면 고향에 남겨진 부모나 아내, 애들은 누가 돌봐줄까요? 병사들에겐 명분 없는 전쟁일 뿐입니다. 그래서 전쟁터로 잡혀 온 그들은 전쟁이 슬프고도 원망스럽습니다.

붕이 하긴 저라도 그 시대에 태어나 졸병으로 끌려갔더라면…, 으….

나정 정말로 그 모습이 머릿속에 막 그려지는걸?

쌤 그래요. 그렇게 감정을 이입하면 아마 좀 더 생생하게 다가올 겁니다. 자, 적벽에는 결전을 앞두고 조조군 병사들이 모여있습니다. 노래를 부르는 놈, 히히 하하 웃는 놈, 노름하다 다투는 놈, 술에 반쯤 취한 놈, 꾸벅꾸벅 조는 놈 등 각양각색이네요. 그런데 장막 아래에서 울음소리가 들립니다. 한 병사가 누워서 봇물 터진 듯이 우네요. 전쟁을 앞두고 불길하게 울다니요. 옆에 있던 이가 왜 우느냐고 묻자 병사는 답하지요.

머리 흰 늙은 부모와 이별한 지 몇 날이나 되었을까. 화목하던 일가

친척 그리고 젊은 아내와 어린 자식 전장으로 나를 보내고 오늘이나 소식 올까, 내일이나 기별 올까, 기다리고 바라다가 서산에 해는 기울고 바람 불고 비 죽죽 오는데 그리움이 가슴에 맺혔겠구나. (…) 내가 만일 이곳에서 죽으면 누가 나를 묻어주며 모래밭에 흩날린 뼈, 까마귀와 솔개의 밥이 된들 누가 신경이나 써줄 것인가. 하루에도 열두 번이나 부모 생각뿐이로다.

동구 음…, 듣고 보니 왠지 숙연해지네요.

쌤 슬픔은 전파되나 봅니다. 그 말을 듣고 다른 병사 역시 서러움이 북받쳐 오릅니다. 신세 한탄은 계속되지요.

어렸을 때 부모 잃고 일가친척 전혀 없이 혈혈단신 지내면서 우리 예쁜 아내 만나 몸과 집안 안정되어 떠날 뜻이 전혀 없다가 전쟁 났다 적벽으로 싸움 가자 끌어내니 아니 올 수 있든가. 집 나올 적 우리 아내 버선발로 우루루루 달려들어 나를 안고 엎어지며 날 죽이고 가오, 살려두고는 못 가리다, 젊은 년을 홀로 두고 어찌 전장 가시나요. (…) 어서 빨리 고향 가서 그립던 마누라 손을 잡고 마음속 회포를 풀고 싶구나.

나정 아, 버선발로 달려 나와 말렸다니…. 남편을 전장으로 떠나보내는 아내의 마음은 어땠을까요? 안타깝네요.

쌤 그래요. 그런 아내의 손길을 뿌리치는 남편의 마음도 무척이나 아팠을 겁니다. 다른 이의 말을 좀 더 들어보지요.

오대 독자로 태어나 열일곱에 장가들어 근 오십 가까이 애가 없어 매일 한탄했네. 우리 집 마누라가 온갖 공으로 지극정성 기도할 제 공든 탑이 무너지며 심은 나무가 꺾어지랴. 그달부터 태기 있어 열 달이 점점 차드니 하루는 애 나올 기미가 있구나. 아이고 배야 아이고 허리야 아이고 다리야. 혼미한 가운데 아이가 나오니 딸이라도 반가울 터 아들을 낳았구나. (…) 여섯 달을 넘어가니 방바닥에 살이 올라 터덕터덕 노는 양 빵긋 웃는 양 엄마 아빠 도리도리 주야 장강 섬마둥둥 내 아들 내 아들이지 내 아들 내 아들 (…) 뜻밖에 급한 난리 적벽으로 싸움 가자 나오너라 외치는 소리 아니 올 수가 없더구나. 사당 문을 열어놓고 통곡하며 절한 후에 어린 자식 얼굴 안고 누워서 부디 이 자식을 잘 길러 나의 후사를 전해주오 생이별 후 전장에 나왔으나 언제나 고향을 돌아가 그립던 자식을 품 안에 안고 아가 응아 어루만져 볼거나. 아이고 아이고 내 일이야.

붕이 후, 어린 아들을 둔 아빠네요. 죽으면 애는 어쩔까나.

나정 "내 아들 내 아들이지 내 아들 내 아들" 기뻐하는 부분이 너무 맘 아프네요.

동구 나이가 오십 가까이 되었는데도 전쟁터로 끌려오다니…. 허….

쌤 전장에 있는 병사들의 마음은 어떨까요? 어떻게든 적을 죽이고 공을 세우겠다고 생각할까요? 대부분은 그렇지 않을 겁니다. 오히려 전쟁에 대한 강한 혐오감, 고향에 남은 가족에 대한 그리움, 소박하지만 평화롭게 살고 싶은 마음뿐이었겠죠. 그들의 외침이 더욱 절절하게 들립니다. 그들이나 우리나 시대만 다를 뿐 본성은 별반 다를 게 없기 때문이지요.

나정 쌤 말씀에 공감이 가네요. 저 병사가 내 남편이나 자식일 수도 있겠다는 생각도 들고요.

붕이 그 전에 시집이나 갈 수 있겠어?

나정 야, 지금 그런 농담할 분위기 아니거든?

쌤 전쟁이 시작되고 적벽강이 불타오릅니다. 이제 이곳에선 비극적인 살육이 펼쳐지지요.

칼 들고 엎어진 놈, 활 들고 기는 놈, 적벽강의 위나라 군사 화염 중에 다 죽는다. 숨 막히고, 기막히고, 활 맞고, 창에 찔리고, 불에 타고, 물에 빠져 일시에 다 죽을 제, 한 군사 내달으며 "내가 이런 봉변당하면 먹고 죽으려고 비상(독약) 가져왔더니라." 와삭와삭 먹고 죽고, 또 한 군사는 돛대 끝에 올라서서 "아이고 하느님, 살려주오. 나는 오대 독자요." 또 한 군사는 배 뒤에 우뚝 서서 고향을 바라보며 "아이고 어머니, 저는 적벽강 귀신이 되오그려. 어느 때에 뵈오리까?" 넋두리하며 물에 풍덩 빠져 죽고….

붕이 어머니를 부르짖으며 물에 빠져 죽네요. 쯧쯧.

동구 독약 먹고 자살하는 병사도 있다니…, 안타깝네요.

쌤 전쟁이란 단어를 결코 가볍게 받아들여선 안 됩니다. 거기서 죽
는 건 다름 아닌 여러분이 될 수 있으니까요. 다만 전쟁을 일으
킨 장본인은 죽지 않지요. 결과를 책임지지도 않고요. 무수한
시체를 뒤로한 채 다급히 도망칠 뿐입니다. 볼까요?

조조가 넋을 잃고 조각배 얻어 타고 주먹 쥐고 도망할 제, 범 같은 선봉 황개 긴 창을 손에 쥐고 벽력같은 호령 소리, "홍포 입은 저 조조 놈, 너 어디로 가려느냐. 선봉 황개 여기 있다." 조조가 황급하여 입은 홍포를 벗어버리고 군사 모자 빼앗아 쓰고 다른 군사를 가리키며 "진짜 조조 저기 간다!" 제 이름을 부르고는 (…) "수염 긴 저놈 조조니라!" 조조 정신 기겁하야 긴 수염을 걷어잡아 와드득와드득 쥐어뜯고 허겁지겁 도망갈 제….

동구 허, 옷도 버리고 수염도 자르면서 악착같이 도망치네요.

나정 게다가 남을 가리키며 저놈이 조조라고 외치기까지 하네…. 비겁하다, 정말.

쌤 그는 겨우 위기에서 벗어나 뒤따라오는 병사들의 상태를 봅니다. 한 병사가 힘겨워하네요. 왼팔은 창에 찔리고, 오른발은 화살을 맞아 절뚝거립니다. 그 모습을 보고 뭐라고 할까요?

조조가 보더니 박장대소를 허며 "아따! 그놈 병신부자病身富者로구나. 우리가 죽을 둥 살 둥 달아나면 저놈은 뒤에 느지막하니 떨어졌다가 우리 간 곳만 손가락질로 똑똑 가르쳐줄 놈이니, 너희들 여러 날 계속된 전쟁에 갈증이 없겠느냐. 네 저놈 큰 가마솥에다 물 많이 붓고 푹신 진케 대려라. 한 그릇씩 마시고 가자."

붕이 켁, 제가 제대로 들은 건가요? 사람을 가마솥에 넣고 푹 달여서 먹는다니요?

나정 헐, 뒤처졌다가 적에게 도망친 방향을 알려줄까 봐 병사를 아예 죽이겠다는 건가요? 대박.

동구 게다가 많이 다친 자기 부하에게 병신부자라니요. 어이가 없네.

쌤 물론 과장이 많지요. 해학적으로 꾸며놓은 부분도 있고요. 그러나 지배자라는 인물이 당시 병사들에게 어떤 모습으로 비쳤는지 우리는 알 수 있습니다. 사리사욕을 탐하고, 병사들의 생명에는 관심 없으며, 자기 생존만을 위해 움직이는 것을요.
이 〈적벽가〉는 조선 시대에 크게 유행했습니다. 조조의 모습이 당시 무능했던 지배층의 모습과 왠지 겹쳐 보이지 않나요? 아마도 민중은 이 판소리 사설을 들으며 웃고 울었을 겁니다. 결국 자기 얘기니까요.

나정 정말 그랬을 거 같아요.

쌤 이런 상황에서 우리가 취할 태도는 무엇일까요? 답은 복종하지 않는 겁니다. 적극적으로 비판과 저항의 목소리를 내는 것 말이에요. 이제 조조의 병사들도 압니다. 이런 어리석은 군주 밑에서 "예, 예." 하다가는 절대로 집에 돌아갈 수 없다는 것을. 그래서 그들의 목소리는 커집니다. 한 병사가 몸이 멀쩡한 것을 보더니 조조가 놀라 묻지요. 그 상황에서 병사가 뭐라고 대답하나 볼까요?

조조가 보더니 "에게! 웬 놈이 저리 성하냐?"

"성하거든 회 쳐 잡수시오!"

"네 이놈! 그게 웬 말인고?"

"아, 승상님도 생각을 좀 해보시오. 싸움할 때는 뒤로 숨고 싸움 아니 할 때는 앞에서 어기적거리고 다니면, 죽을 일도 없고 병신 될 일도 안 생기지요."

"아따! 그놈 뒀다가 군중에 퍼뜨릴까 무섭구나. 저놈 보기 싫다. 쫓아내고 또 불러라."

나정 이 병사는 오히려 똑똑하네요. 싸움할 때는 뒤로 숨고, 싸움 안 할 때는 앞에서 얼쩡거려서 결국 자기 몸을 지킨 셈이니까요.

동구 게다가 앞에서 다친 병사는 국 끓여 먹는다니까 멀쩡한 자기 몸은 회 쳐서 잡수라는 말인가요? 흐흐.

붕이 크크크. 조조한테 한 방 먹였네요.

쌤 그래요. 해석 잘하는군요. 또 다른 병사는 어떨까요?

"마병장 구먹쇠!"

"예!"

"너는 전장에서 잃은 것은 없느냐?"

"예, 잃은 건 별로 없소."

"야 그놈 신통한 놈이로구나. 말은 다 어쨌느냐?"

"팔았지요."

"야 이놈아, 말 없으면 무엇을 타고 간단 말이냐?"

"아따 원 승상님도, 타고 갈 건 걱정 마시오. 들것에다 담아 매고 가든지 정 편하게 가시려면 지게에다 짊어지고 설렁설렁 가면 짐 붙고 더욱 좋지요."

"야 이놈아, 내가 앉은뱅이 의원이냐, 지게에다 지고 가게. 저놈 눈구녁 보니 큰일 낼 놈이로고."

"눈으로 말할 것 같으면 승상님 눈이 더 큰일 내게 생겼지라."

붕이 마병장이면 말을 담당하는 병사인데, 말을 팔아버렸다는 건가요?

나정 그래서 조조를 지게에다 짊어지고 가겠다고 하네요, 짐짝처럼. 호호.

동구 눈으로 말할 거 같으면 조조 눈이 더 큰 일 내게 생겼다는 말이 더 웃겨요. 언중유골이네요.

붕이 그건 또 무슨 의미야?

동구 언중유골言中有骨, 말 속에 뼈가 있다는 거야. 비판의 뜻이 담겨 있잖아.

쌤 그래요. 그들의 구슬픈 한탄이 이제는 바뀌고 있지요. 병사들은 무능한 지배자를 향해 말을 툭툭 던집니다. 분노 섞인 조롱의 말을요.

한 사람의 목소리는 작습니다. 그러나 그 목소리들이 모일 때 비로소 커다란 울림이 되고 세상을 바꿀 힘을 얻지요.

나정 어쩌면 말이에요, 사람들의 분노가 더 커져야 전쟁도 일어나지 않고 지배층도 올바른 판단을 할 수 있지 않을까요?

쌤 그래요. 분노야말로 민중의 저력이지요. 앞으로 여러분도 부조리한 일을 겪을 수 있습니다. 그러나 원치 않는 일에 끌려다니지 마세요. 여러분은 분노의 목소리를 낼 수 있어야 합니다. 기억하길 바랍니다.

동구 넵, 감사합니다.

쌤의 한마디 ⭐

우리는 분노를 감춥니다. 아니, 감추고 살기를 이 사회로부터 요구당합니다. 규율과 질서 속에 묵묵히 따르길 강요받지요. 나만의 다른 목소리를 내기도 쉽지 않습니다. 그러나 사회가 개인의 자유와 행복을 억압할 때에도 우리는 분노하지 말아야 할까요? 온순한 얼굴의 가면을 뒤집어쓴 채 순순히 따라야만 하는 걸까요? 우리는 말할 수 있어야 합니다. "그건 아니야."라고요.

작품 돋보기

〈적벽가〉,
역사는 민중이 만들어가는 것이다

이 작품은 작자·연대 미상의 판소리 사설입니다. 적벽대전을 바탕으로 하며 삼고초려, 강릉 피란, 박망파 싸움, 장판교 싸움, 군사 설움 타령, 적벽강 싸움, 화용도로 구성되어있지요.

　〈적벽가〉는 나관중이 지은 『삼국지연의』와 많은 차이를 보입니다. 『삼국지연의』는 당대의 장수에게 초점을 두지요. 그들의 계략과 전쟁, 영토 쟁탈전을 위주로 서술합니다. 그러나 〈적벽가〉는 이름 없이 스러져간 병사들에게 초점을 두지요. 힘없는 백성이 겪는 비극을 부각하면서 전쟁의 잔혹함, 지배자의 탐욕과 무능을 잘 표현합니다.

　마누라의 잡았던 손길을 에후리쳐 떨치고 전장에 나왔으나 (…) 살아가기 꾀를 낸들 동서남북으로 막혔으니, 함정에 든 범이 되고 그물에 걸린 내가 고기로구나. 어느 때나 고향을 가서 그립던 마누라 손을 잡고 만단정회 풀어볼거나. 아이고 아이고!

　사랑하는 아내를 두고 전장에 끌려온 한 병사의 애환을 들으며 우리는 안타까움과 연민을 느낍니다. 부모 걱정, 아내 걱정을 하는

67

그들의 이야기에 우리는 한층 더 공감하게 되지요. 더 나아가 그들의 헛된 죽음과 지배층의 어리석은 모습을 보면서 우리는 분노하게 됩니다.

역사는 결국 영웅 한 사람이 아니라 민중이 만들어나가는 것입니다. 과거로부터 지금까지 쭉 그래 왔듯이 말이에요. 이 사실은 앞으로도 변함없을 것입니다.

시집이 어떠한지 서방맞이 어떠한지 나도 몰라라

〈노처녀가〉

나정 허걱, 쌤, 오늘 수업할 작품이 〈노처녀가〉인가요? 제목부터 슬픔이 팍팍 느껴지네요.

쌤 하하, 나정이가 굉장히 안쓰러워하는 표정을 짓네요.

붕이 왜? 혹시 네가 작품의 주인공이 될까 봐 걱정돼서 그래?

나정 헐, 너한테 그런 말 들으니까 되게 웃기거든?

쌤 자, 오늘 수업에 들어가기 전에 문제를 하나 낼게요. 처녀가 결혼하지 못하고 노처녀가 되는 이유는 뭐가 있을까요?

붕이 쌤, 요즘 노처녀라고 말하면 실례에요. 전에 저희 누나한테 노처녀라고 했다가 난리 났던 적이 있거든요. 대신 화려한 독신녀라고 불러달라나….

쌤 하하, 그런가요?

붕이 아무리 생각해도 누나는 눈이 높아서 시집을 못 갈 거 같아요. 만날 드라마만 보면서 "저런 남자 없나, 저런 남자 없나." 한다니까요.

쌤 하하, 누님이 참 재미있으시군요. 동구는 어떻게 생각해요?

동구 노처녀가 되는 이유요? 음…, 솔직하게 얘기해도 돼요?

쌤 얼마든지요.

동구 못생겨서요.

붕이 와, 너 짱이다. 돌직구 대박.

나정 헐, 네가 이런 말을 할 줄이야. 대실망이야.

동구 아, 그냥 솔직하게 얘기한 것뿐이야. 물론 네가 그렇다는 건 절대 아니고.

쌤 물론 외모도 중요한 요소지요. 현실적으로도 남자보다는 여자에게 더 따지는 부분이고요.

자, 오늘 배울 〈노처녀가〉에는 나이 쉰이 다 되도록 시집을 못 간 노처녀가 나옵니다. 자기 언니는 열아홉, 아우는 스무 살에 시집가서 잘사는데 둘째인 본인만 아직도 혼자예요. 얼굴에는 주름이 자글자글하고 서러움은 뼈마디마다 쌓여가는데 세월은 하염없이 흘러만 가네요.

붕이 아니, 쉰 살이 될 때까지 왜 시집을 못 갔나요?

쌤 그녀의 몸 때문입니다. 눈도, 귀도, 팔과 다리도 정상인 데가 없지요. 그래도 마음만은 꿋꿋합니다. 볼까요?

내 비록 병신이나 남과 같지 못할쏘냐.

내 얼굴 얽다 마소. 얽은 구멍에 슬기 들고

내 얼굴 검다 마소. 분칠(화장)하면 아니 휠까.

한쪽 눈은 멀었으나 한쪽 눈은 밝아있네.

바늘귀를 능히 꿰니 버선볼을 못 받으며

귀먹다 나무라나 크게 하면 알아듣고 천둥소리 능히 듣네.

오른손으로 밥 먹으니 왼손 하여 무엇할꼬.

왼편 다리 병신이나 뒷간 출입 능히 하고

콧구멍이 맥맥하나 내음새는 쉽게 맡네.

입시울이 푸르기는 연지 빛을 발라보세.

엉덩뼈가 너르기는 해산 잘할 장본이오.

나정 얼굴도 검고, 한쪽 눈도 멀고, 귀도 잘 안 들리나 보네요. 게다
가 왼손도 못 쓰는 데다 다리까지 불편하고요.

쌤 그렇습니다. 신체가 저러니 불편하겠지요. 그러나 부끄럽지는
않습니다. 검은 얼굴은 화장하면 하얘지고, 한쪽 눈은 잘 보이
는 데다, 크게 말하면 알아들을 수 있으니까요. 게다가 오른손
은 정상이고 냄새도 잘 맡을 수 있어요. 또 해산, 아이도 잘 낳
을 수 있다고 합니다.

동구 게다가 곰보처럼 얽은 얼굴 구멍에는 지혜가 들어있다고 하네요. 왠지 여인의 당당함이 느껴져요.

쌤 중요한 점을 지적했군요. 좋습니다. 여인은 계속 말합니다. 비록 신체는 이렇지만 시집가는 데 더 중요한 것들을 자신은 갖추었다고요. 과연 그게 뭘까요? 각자 대답해볼래요?

나정 마음이 착해야 해요, 마음이. 꼭 저처럼. 호호.

붕이 듣기 거북한데 뒷말은 좀 빼줄래? 여자는 요리를 잘해야 합니다. 우리 아빠가 그랬어요. 여자는 요리를 잘해야 한다고.

나정 에휴, 여자가 무슨 요리사니? 네가 해 먹어.

동구 조선 시대 여자라면 재주도 있어야 하지 않나요? 글짓기나 바느질 같은 거 말이에요.

쌤 여러분이 잘 아네요. 맞습니다. 다 잘해야 하지요. 그리고 여인은 말합니다. 이런 것들 전부 다 잘할 수 있다고요. 볼까요?

내 본시 총명키로 무슨 노릇 못할쏘냐.

기역 자 나냐 자를 십 년 만에 깨쳐내니

효행록 열녀전을 무수히 숙독함에

모를 행실 전혀 없고 시부모 봉양 못할쏜가.

사람들 모인 곳에 방귀 뀌어본 일 없고

밥주걱 엎어놓고 이를 죽여본 일 없네.

붕이 크크 재미있네요. 사람들 모인 곳에서 방귀 뀌어본 적 없고 밥 주걱으로 이를 잡아본 적도 없다니요.

쌤 그래요. 책도 많이 읽어서 행실도 단정하답니다. 바느질 솜씨는요?

겉옷 짓는 솜씨 알고

홑옷이며 핫옷이며 바느질법 모를쏜가.

세 폭 붙이 홑이불을 삼 일 만에 마쳐내니

행주치마 지어낼 제 다시 고쳐본 일 없네.

나정 이불을 사흘 만에 지을 정도로 바느질 솜씨가 좋다고 하네요.

쌤 그래요. 붕이가 말한 음식 솜씨도 볼까요?

슬기가 이만하고 재주가 이만하면 음식 만들기 못할쏜가.

수수전병 부칠 제는 외꼭지를 잊지 말며

상추쌈을 먹을 제는 고추장이 제일이요,

청국장을 담을 제는 묵은 콩이 맛이 없네.

청태콩을 삶지 말고 모닥불에 구워 먹소.

음식 솜씨 이만하면 제사 지내기 못할쏜가.

붕이 전병, 상추쌈, 청국장…. 우왕, 먹을 게 막 나오니까 배고파요.

쌤 하하 그래요. 여인은 항변합니다. 비록 신체에 결함은 있지만 재주가 많다는 걸요. 그렇기에 더욱 서럽습니다. 시집도 못 가고 계속 세월만 흘러가니까요.

어와 서러운지고 내 설움 어이할꼬.
두 귀밑에 흰 털 나고 이마 위에 살 잡히니
꽃 같은 얼굴 어디 가고 속절없이 되었구나.

동구 음, 저렇게 말하니까 왠지 측은하네요.

쌤 그래요. 문득 자기 언니가 시집가던 날이 떠오릅니다. 창틈으로 살짝 본 훤칠한 신랑의 모습이 기억나지요. '나에게도 저런 남편이 있으면….' 하는 마음뿐입니다. 생각해보니 동생도 나쁘네요. 순서대로라면 자기 차례인데 먼저 시집을 가버렸으니까요. 동생을 어떻게 생각하나 볼까요?

차례로 할작시면 내 아니 둘째런가.
형님을 치웠으니 나도 저리 할 것이라
이처럼 정한 마음 마음대로 아니 되어
괴악한 아우 년이 먼저 출가하단 말인가.
꿈결에나 생각하여 의심이나 있을쏜가.

나정 호호호, 괴악한 아우 년이라니요.

붕이 너 되게 즐거워한다. 너도 동생이 먼저 시집가면 저럴 거 같은데?

나정 헐, 얘가 아주 저주를 퍼붓네. 그럴 일은 절대 없을 거거든?

쌤 아무튼 잠도 안 오고 한숨만 절로 납니다. 부모, 동생 믿다가는 평생토록 시집 못 갈 거란 생각도 들고요.

사실 그녀는 마음에 품은 사람이 있었습니다. 건넛마을에 사는 김 도령과 뒷골목에 사는 권수재이지요. 둘 다 좋지만 아무래도 동갑인 김 도령이 좀 더 괜찮아 보입니다. 자, 사람이 간절하면 가만히 있을 수가 없지요? 여인이 어떻게 하나 봅시다.

각각 성명 써가지고 쇠침통을 흔들면서 (…)

김 도령이 배필 될까, 권수재가 배필 될까.

내 일이 되도록 신통함을 뵈옵소서.

흔들흔들 높이 들어 쇠침 하나 빼어내니

간절히 바라던 김 도령이 첫 가락에 나왔다네.

얼씨구 좋을씨고 이야 아니 무던하랴.

평생소원 이뤘구나.

나정 헐, 쇠침통을 흔들어서 뽑았다니 혹시 점을 본 건가요?

붕이 크크, 원하는 두 사람 이름 써놓고 그중 하나를 뽑았다니 너무 웃프네요.

동구 웃프다는 게 무슨 뜻이야?

붕이 웃기고도 슬프다는 말이지. 왠지 이 상황에 어울리지 않니?

쌤 자, 너무나 기뻐하다가 지쳤을까요? 여인은 깜빡 잠이 듭니다. 그러면서 혼례를 치르는 꿈을 꾸지요. 내가 그토록 원하던 김도령이 눈앞에 단정하게 앉아있네요. 나를 보며 미소 짓는 서방님을 보고 애간장이 녹아버릴 것 같습니다. 이 꿈이 계속되면 좋으련만….

붕이 만?

쌤 창밖에서 컹컹 짖는 개가 잠을 깨워버리네요.

나정 헐, 개가 나빴다, 개나빠.

쌤 여인은 열 받았습니다. 아까운 꿈을 날려버렸으니까요. 짖는 개를 한 대 후려치고 싶은 마음이 굴뚝같지요. 그러나 어쩌나요. 개를 때린다고 다시 꿈을 꿀 수 있는 것도 아닌데요.

그래도 이렇게 잠들 수는 없습니다. 남들 보기에 민망하고도 부끄러운 일이지만, 한번 해보기로 합니다. 볼까요?

남이 알까 부끄러우나 안 슬픈 일 하여보자

홍두깨에 자를 매어 갓 씌우고 옷 입히니

사람 모양 거의 같다. 쓰다듬어 세워놓고

새 저고리 긴 치마를 기분 좋게 떨쳐입고

머리 위에 팔을 들어 제법으로 절을 하니

눈물이 절로 흘러 입은 치마 다 적시고

한숨이 솟구쳐 통곡이 날 듯하다.

붕이 컹, 홍두깨면 다듬질 도구인데, 거기에 갓 씌우고 옷 입혀서 남편처럼 꾸민 건가요?

나정 거기에다 절까지 하면 결혼식을 했다는 건데. 아…, 불쌍하네요.

동구 모의고사도 아니고…. 이건 뭐 일종의 모의 결혼식인 셈이네.

쌤 얼마나 간절하면 오밤중에 이랬을까요? 그래도 지성이면 감천이란 말이 있잖아요. 가족이 이 모습을 우연히 보게 됩니다. 나정이가 여인의 가족이면 어떻게 하겠어요?

나정 아휴, 어떡하긴요. 얼른 시집보내야지요. 어떻게든 보내야지요.

쌤 그래요. 사람 마음이 다 같나 봅니다. 쉽지는 않았지만, 가족들은 김 도령과 혼사를 논의하고 날짜를 잡아 혼례를 진행합니다. 여인은 얼마나 신났을까요. 엉덩춤이 절로 나고 기쁨이 솟구쳐 오릅니다.

나정 아아…, 정말 다행이다. 흑.

쌤 마지막에 재미있는 부분이 있는데요, 꿈을 깨웠던 개 있지요? 여인이 어떻게 하나 볼까요?

주먹을 불끈 쥐고 종종걸음 보살피며

삽살개 귀에 대고 넌지시 이른 말이,

나도 이제 시집간다. 네가 내 꿈을 깨던 날에

원수같이 보았더니 오늘에야 너를 보니

이별할 날 멀지 않고 밥 줄 사람 나뿐이랴.

붕이 개의 귀를 잡고 말해요. "난 간다. 너랑은 영원히 굿바이!" 크크 크크.

쌤 하하, 여인은 결국 시집가서 행복하게 살 수 있었습니다. 여기서 우리가 주목할 부분이 있습니다. 바로 슬픔을 이겨내는 방법을요. 그 방법은 과연 뭘까요?

붕이 음…, 슬픔을 이겨내려면 무엇보다도 행동해야 할 것 같아요. 점도 보고, 모의 결혼식도 하면서 사람들의 마음을 움직였잖아요.

나정 슬프다고 슬퍼하고만 있으면 안 될 듯해요. 아마 현실 속에서 한탄만 했더라면 죽을 때까지 시집갈 수 없었겠지요.

동구 슬프면 슬프지 않게 바꿔라. 이것 같습니다.

쌤 이야, 다들 제법이네요. 훌륭합니다. 여인은 오십 평생을 홀로 살면서 슬퍼했지만, 그렇다고 좌절만 하진 않았습니다. 오밤중에 홍두깨를 세워놓고 결혼식까지 했지요. 남들이 보면서 얼마나 비웃었을까요? 그러나 간절함은 타인의 마음을 움직이지요. 그렇기에 그토록 바라던 결혼을 할 수 있었을 겁니다.

현실을 적극적으로 타개해가고자 하는 신체 불구의 노처녀. 그녀를 통해 우리는 슬픔을 극복하는 법을 엿볼 수 있었습니다.

이것으로 마치지요.

동구 감사합니다.

쌤의 한마디

"가장 큰 슬픔은 우리가 자초한 것이다." 그리스의 시인 소포클레스의
말입니다. 슬픔은 사람을 무력하게 합니다. 게다가 그 속에서 빠져나오
지 못하도록 끊임없이 우리를 좌절시키지요. 그러나 우리는 슬픔을 넘
어설 수 있어야 합니다. 그때 가장 필요한 건 간절함과 행복을 찾으려
는 적극적인 움직임 아닐까요? 변화는 작은 움직임에서 시작하니까요.

〈노처녀가〉,
슬픔을 극복하는 방법을 우리에게 알려주다

이 작품은 작자·연대 미상의 가사로 『삼설기』와 신명균이 편찬한 『가사집』에 실려 있습니다. 신체 불구의 몸으로 나이 쉰까지 시집가지 못한 노처녀의 서러운 심정을 아래와 같이 그려내고 있지요.

> 시집이 어떠한지 서방맛이 어떠한지
> 생각하면 싱숭생숭 쓴지 단지 내 몰라라

이 작품에서 흥미로운 건 여인의 태도입니다. 비록 몸은 온전하지 않지만, 자신의 신체와 용모를 합리화하며 행실과 재주를 자랑하지요. 게다가 점을 치고 모의 결혼식까지 하며 불행한 처지를 벗어나고자 노력합니다. 자책만 하지 않고 적극적으로 움직여 슬픔을 극복하는 모습이 인상적입니다. 결혼식하는 날 그녀 마음은 어땠을까요?

> 혼인날이 다다르니 신부의 칠보단장 꿈과 같이 거룩하고
> 신랑의 사모품대 더욱이 보기 좋다.
> 혼례를 마친 후에 방 치장 좋은 데다

신랑과 신부 하늘이 정한 배필을 오늘이야 알겠구나.

이렇듯 쉬운 일을 어찌 더디 하였던고.

신혼 방에 이불 펴고 부부 서로 동침하니

원앙은 녹수에 놀고 비취는 연리지에 깃드니

평생소원 다 풀리고 온갖 시름 전혀 없네.

이전에 했던 걱정들 이제 생각하니

도리어 춘몽 같고 내가 설마 그러하랴.

이제는 거리낌 없다.

거리낌 없이 진정한 행복을 느끼네요. 마음이 풀리면 육체의 병도 풀리나 봅니다. 작품 마지막에 시집간 여인에게 놀라운 일이 벌어지는데요, 몸이 새 몸처럼 낫게 되지요. 그 행복한 결말에 흐뭇한 미소를 보내며 마무리하겠습니다.

이제는 어려움 없다. 먹은 귀 밝아지고

병신 팔을 능히 쓰니 아니 희한한가.

혼인한 지 열 달 만에 옥동자를 순산하니

쌍둥이를 어이 알리. 즐겁기 측량없네.

평생에 처음이요
다시 못할 일이로다

〈만언사〉

~~~~~~

동구 뭘 그렇게 열심히 보고 있어?

나정 아, 이거 작년 여름에 가족이랑 여행 갔던 사진들이야.

동구 어디로 갔는데?

나정 속초. 이번 여름엔 공부 때문에 놀러 가지 못하는 현실이 너무
슬프다.

동구 그러게, 이런 날 어디 조용한 데 가서 바람도 쐬고 바닷물에 발
도 담그면 좋겠는데.

나정 맞아, 파도 찰랑대고 갈매기 끼룩끼룩 나는 인적 드문 곳 말이야.

동구 그러게, 정말 그런 데서 한 달만 살다 오고 싶다.

붕이 무슨 노인네도 아니고 그런 데를 한 달이나 가? 볼 것 많고 살

것 많은 곳이 훨씬 낫지.

나정 야, 십대에겐 힐링이 필요하단다.

쌤 다 와있군요. 반갑습니다. 그건 무슨 사진인가요?

나정 아, 쌤, 오셨어요? 이건 작년에 속초에 가족 여행 가서 찍은 사진이에요.

쌤 그렇군요. 잘 나왔네요. 혹시 어떤 사진을 주로 찍었나요?

나정 음, 먹은 거랑 구경한 거 위주로 찍었어요. 제 홈페이지에도 올려놨지요. 호호.

붕이 뭐 먹었는데?

나정 네가 궁금해할 줄 알았다. 쫄깃쫄깃한 물회랑 오동통한 오징어 순대랑 달콤한 닭강정이랑…. 또 뭐였지? 사진을 봐야겠네.

붕이 우와앙. 쌤, 우리는 소풍 안 가나요? 속초로 갈 것을 적극 건의합니다.

쌤 하하, 쌤도 절로 군침이 도네요. 근데 하나 물어볼게요. 먹은 것 사진을 홈페이지에 올려놨다고 했는데요, 거기에 시간 없을 때 사 먹는 삼각김밥 같은 건 안 올리지요?

나정 켁, 절대 안 올려요.

쌤 집에 먹을 게 없어서 어쩔 수 없이 밥이랑 김치만 먹을 때도 있잖아요. 그런 사진은요?

나정 부끄럽게 그런 걸 왜 올려요?

쌤 그렇군요. 잘 얘기했습니다. 부끄럽지요. 그래서 남에게 나를 표현하는 공간에 그런 사진은 올리지 않습니다. 그 대신 맛있었던 것, 즐거웠던 곳, 기뻤던 추억만을 올리면서 나를 드러내지요. 일종의 포장입니다.

그러나 사람이 언제나 예쁘게 포장된 상태일 수만은 없어요. 먹을 것도, 같이 먹을 사람도 없어서 쉰 김치에 둘둘 말아 밥 한 숟갈 꿀꺽 넘기기도 한답니다. 곰팡이 피고 거미가 지나다니는 낡은 집에 살면서 말이지요. 그리고 이런 모습을 그대로 홈페이지에 올린 사람이 있습니다.

동구 누군데요?

쌤 오늘 배울 〈만언사〉의 작가 안조환이지요. 물론 조선 시대니까 홈페이지는 아니고 종이에 기록을 남겨 다른 사람에게 보인 셈이지만요.

동구 으음, 그렇군요.

쌤 자, 〈만언사〉의 '만언萬言'은 만 가지 말입니다. 작품은 자기 말 좀 들어달라며 하소연하는 것부터 시작하지요. 그의 생애는 좀 독특합니다. 아기가 태어났는데 마치 죽은 것처럼 울지도 먹지도 않아요. 다들 걱정하는데 일주일 만에 생기를 회복해 겨우 살아납니다. 열한 살 때는 어머니를 잃고 외갓집에서 자랐지요. 스무 살엔 결혼하고 관직에 나아갑니다. 그러나 교만했던 걸까요? 방탕한 생활을 하며 사적으로 공금을 유용하다가 이레 동안 옥살이를 하게 됩니다.

붕이 공금 유용이라…. 으음, 요즘으로 치면 비리 공무원인 셈이네요.

쌤 그렇지요. 개과천선하면 좋았을 텐데 일주일은 너무 짧았나 봅니다. 심부름 등 잡일을 하는 대전별감이라는 말단직을 수행하면서 그는 또 비리를 저지르지요. 나랏돈을 가져다가 술을 마시고 기생집에 드나든 거예요.

붕이 켁.

쌤 이젠 더는 봐줄 수가 없네요. 그의 나이 서른네 살에 유배 가게 됩니다. 제주도 위쪽에 추자도라는 작은 섬이 있는데, 그곳으로 가게 되지요.

나정 와, 섬으로 가네요. 그래도 나쁘지 않네. 왠지 낭만 있다.

쌤 글쎄요. 잠깐 볼까요?

여불승의(체질이 허약하여 옷의 무게도 견디지 못함) 약한 몸에
이십오 근 칼을 쓰고
수쇄족쇄 하온 후에 사옥 중에 드단말가.

이십오 근, 약 15킬로그램의 칼을 목에 쓰고, 수갑과 족쇄를 차고, 옆에는 삼엄한 관졸들이 붙어있습니다. 지금 떠나면 언제 돌아올지, 살아서 다시 가족은 볼 수 있을지 몰라요. 딱히 낭만적으로 보이지는 않네요.

나정 헐, 듣고 보니 그렇네요.

쌤 여러분이 이 상황이라면 어떤 마음이 들까요? 그의 당시 심정을 보지요.

등잔불 치는 나비 저 죽을 줄 알았으면
어디서 나라의 신하가 죄짓자 하랴마는
큰 액운 앞에서 눈조차 어둡구나.
마른 지푸라기를 지고 불 속으로 뛰어듦이로다.

동구 등잔불로 달려드는 나비 같은 심정인가요? 음…, 막막하겠다.

쌤 게다가 그가 가게 된 추자도는 섬 속의 섬이에요. 요즘도 쉽게 갈 수 있는 곳은 아니지만, 조선 시대에는 더더욱 그랬답니다. 교통도 워낙 불편한 데다, 가면서 병이나 사고로 죽는 경우가 많았으니까요.

동구 그렇군요.

쌤 자, 이제 유배를 떠나는 날입니다. 다들 나와서 그를 배웅하네요.

나루터에 배를 대어 부모친척 이별할 제
슬픈 눈물 한숨 소리 막막하게 머무는 듯.
손잡고 이른 말씀 좋이 가라 당부하니
가슴이 막히거든 대답이 나올쏘냐.
취한 듯 미친 듯 눈물로 하직이라.

그는 출발합니다. 행복했던 시간을 기억 한 편에 접고 유배지를 향한 고난의 행군을 시작하지요. 배에서 내린 후 경기도, 충청도 내륙을 거쳐 전라도를 지납니다. 그리고 또다시 조각배를 타고 끝없는 바다로 나가지요.

이곳에서 볼 양이면 천하가 다 물이로다.
바람도 쉬어가고 구름도 멈춰가네.
나는 새도 못 넘을 곳을 어이 가잔 말인가. (…)
부모처자 다 버리고 어디로 혼자 가나.
우는 눈물 연못 되어 바닷물에 보태인다.

붕이 와, 장난이 아니네요. 그냥 놀러 가는 게 아니네.

쌤 사흘 밤낮을 배 위에서 보내고 그는 겨우 이곳 섬에 도착합니다. 보이는 건 바다요, 들리는 건 물소리뿐이지요.

추자섬 생길 제는 하늘이 만든 지옥이로다.
바닷물로 성을 싸고 구름으로 문을 지어
세상이 끊겼으니 인간은 아니로다.
풍도섬이 어디인가 지옥이 여기로다.

그래도 겨우 도착했으니 어떻게든 살아야겠죠? 일단 밥부터 좀 먹어야 할 것 같습니다. 근데 어디를 가야 하나요. 이 집 저 집 기웃거려봅니다.

이 집에 가 의지하자니 가난하다 핑계 대고
저 집에 가 의지하자니 사정 있다 핑계 대네. (…)
세간 그릇 흩던지며 역정 내어 하는 말이
구태여 내 집으로 이유 있어 왔냐 묻네.

나정 문전 박대당하네요, 호호. 죄를 지었지만, 좀 불쌍하네요.

쌤 관청에서 억지로 집을 배정하긴 했는데요, 집주인이 관리에겐 아무 말 못 하다가 만만한 그에게 불평을 쏟아냅니다. "가난한 우리 집엔 왜 왔느냐? 세 식구 입에 풀칠하기도 힘든데 입이 하나 더 늘어났다."라고 말하지요. 방도 없어서 그는 처마 밑에 쪼그려 자야 합니다. 볼까요?

짚으로 엮은 한 장의 처마 밑에 누우니
찬 땅 습기가 축축하고 벌레들도 많구나.
한 발도 넘는 구렁이, 한 뼘도 넘는 푸른 지네라
좌우로 빙 둘러 지나가니 무섭고도 징그럽다.

나정 꺅! 구렁이랑 지네래! 징그러워.

쌤   잠자는 곳도 이런데, 먹는 건 어떨까요? 입는 건요?

눈물로 밤을 새워 아침에 조반 드니

덜 익은 보리밥에 날 간장 한 접시라. (…)

그도 저도 아주 없어 굶을 적이 자주로다.

여름날 긴긴날에 배고파 어렵구나.

의복을 돌아보니 한숨이 절로 난다.

남쪽의 푹푹 찌는 여름날 빨지 못한 누비바지

땀이 차서 굴뚝 막은 멍석 같구나.

덥고 찌든 건 그렇다 쳐도 이 냄새를 어찌하리.

붕이   으으, 쩐다.

쌤   그는 말하지요. "이 몸이 산 몸인지 죽은 귀신인지 모르겠네. 말하니 살았으나 모양은 귀신인가."

동구   쌤 말씀대로 이런 걸 솔직하게 기록으로 남겼다는 게 대단하네요. 분명 자기가 잘못해서 벌받는 거지만, 그래도 이렇게 낱낱이 밝히는 게 쉽지 않을 거 같은데.

쌤   동구가 잘 말했습니다. 〈만언사〉는 유배 가서 겪은 일이나 느낀 심정을 풀어낸 유배 가사예요. 그런데 좀 독특합니다. 일반적으로 다른 유배 가사는 양반의 품위와 체통을 지키거든요.

자신의 억울함을 하소연하면서도 아름다운 자연 속에서 노닌다거나, 학문에 정진하며 다시 세상에 나아갈 날을 표현하지요. 그러나 〈만언사〉에 그런 모습은 보이지 않습니다. 대신 유배의 고통 속에서 살아가는 모습을 생생하게 그리지요.

붕이 흠, 그렇군요. 가식적이지가 않네.

쌤 여러분, 유배 생활의 가장 큰 어려움이 뭘까요? 한번 얘기해봐요.

나정 가족과 떨어져 있는 거 아닐까요? 너무 외롭고 쓸쓸할 것 같아요.

붕이 밥이랑 간장만 먹었다는 거요. 듣기만 해도 소름 끼치네요.

쌤 하하, 여러 가지 어려움이 있겠지만, 다른 사람에게 받는 멸시가 가장 클 겁니다. 원래 사람을 가장 힘들게 하는 건 사람이거든요. 특히나 집주인의 모욕은 그를 슬프게 하지요.

어와 민망하다. 주인 박대 민망하다.

술 먹지도 않았는데 헛주정에 욕설조차 심하구나.

혼잣말로 중얼거리듯 나 들으라고 하는 말이

"건넛집 나그네는 정승의 아들이요 판서의 아우로서

이곳에 들어와서 이전에 잘 살았던 얘기는 하지도 않고

여러 사람에게 일을 배워 고기 낚기, 나무 베기,

돗자리 치기, 짚신 삼기, 보리 동냥해서 주인 양식 보태는데

우리 집에 있는 놈은 무슨 일로

하루 이틀 지났건만 공짜 밥만 먹으려 하나.

쓰라고 달려 있는 열 손가락은 꼼짝도 안 하고,

걸으라고 달려 있는 두 다리는 움직이지도 아니하네.

썩은 나무에 박은 끌인가, 전당포에 잡힌 촛대런가.

종을 찾으러 온 양반인가, 빚 받으러 온 임자인가.”

나정 와, 대박. 저런 소리 들으면 마음이 어떨까?

붕이 혀 깨물고 죽고 싶겠다, 진짜.

쌤 그래도 어찌합니까. 먹고살아야 하는데. 문제는 자기도 뭔가 하고 싶지만 할 줄 모른다는 겁니다. 그나마 할 수 있는 게 동냥 다니는 것밖에 없지요. 그 모습을 본 사람들이 비웃습니다. 철없는 어린아이부터 젊은 계집까지 손가락질하며 귀양다리(귀양객을 낮춰 이르는 말)라고 놀려대요. 동냥 가서는 그 집 노비한테 굽신대며 구걸하지요. 겨우 동냥 얻어 집에 오니 집주인이 비웃으며 말합니다. "양반도 하릴없네. 동냥이나 하시고 원. 그래도 밥값은 하셨으니 저녁밥이나 많이 먹소."

나정 와, 안습이다. 쯧쯧.

쌤 이 모든 게 꿈 같습니다. 얼마나 자존심 상하고 모멸감을 느꼈을까요?

평생에 처음이요 다시 못할 일이로다.
차라리 굶을진정 이 노릇은 못 하리라.

동냥도 더는 못 해먹겠습니다. 그래서 서툰 솜씨로 짚신 삼기부터 해보지만, 손가락이 전부 부르트며 밤을 꼴딱 새우지요. 춥고 배고픈 데다 서러워서 눈물만 흐르네요. 게다가 옷 한 벌로 일 년을 보내는데 바지 밑이 터져서 민망해 죽겠습니다. 손

수 기워 입으려 해도 실이 없어서 못 하네요. 허기져서 눈이 들어가 거의 뒤통수에 닿을 듯도 하고요.

붕이 에구구, 딱한 마음이 드네.

쌤 마침 문밖에 개 짖는 소리가 들립니다. 혹시나 나를 놓아주라는 관청의 공문서가 왔나 해서 얼른 바라보니 황어를 파는 장사치네요. 우울해집니다. 긴긴밤을 새우처럼 몸을 움츠리고 위로는 한기, 아래로는 냉기를 맞으며 온몸을 떨어요. 호화로웠던 옛날을 떠올리니 가슴 터질 것만 같지요. 그래서 그냥 찬 데 누워 얼어 죽을까 생각도 합니다.

그래도 여러분, 사람의 목숨은 질깁니다. 그는 생각을 바꿉니다. 귀양 간 사람이 나 혼자도 아니고, 어떻게든 빌붙어 살아야겠지요.

좋은 음식 맛난 맛은 아마 거의 잊었세라.

그는 꾸역꾸역 살아냅니다. 그렇게 시간은 흘러가지요. 자신을 보고 짖던 개도 이제는 정들었는지 꼬리를 치네요. 귀양살이가 벌써 일 년을 넘어가고 있어요.

설날 명절 때 처음으로 수저를 갖춘 네모난 상 위에 밥을 받아 봅니다. 김치에 쌀밥에 생선 토막도 있네요. 눈물이 앞을 가리지요. 문득 고향에 백발이 되었을 부모, 쓸쓸함에 수척해졌을 아내, 그리고 다섯 살짜리 아이가 떠오릅니다. 이제는 여섯 살이 되었겠지요. 얼굴을 보고 싶어도, 소식을 듣고 싶어도 그럴 수 없는 자신의 처지가 원망스럽네요.

나정 쯧쯧.

쌤 그래도 지은 죄가 있으니 어쩔 수 없지요. 그래도 언젠가 자기 죄가 용서받길 바라면서 작품은 끝납니다.

우리가 눈여겨볼 것은 슬픔에 대처하는 그의 자세입니다. 보통 사람이라면 이런 글을 남기지 않겠지요. 속된 말로 쪽팔리니까요. 우리가 쫄쫄 굶다가 쉰 김치 먹은 걸 홈페이지에 올리지 않는 것처럼요. 그러나 그는 기록을 남겼습니다. 슬픔과 치욕과 고통의 현실을요. 그 진솔함이 어쩌면 슬픔을 견디고 삶을 지탱할 힘을 주지 않았을까요? 슬플 땐 적어도 솔직해져야 할 필요가 있습니다. 이것으로 마칩니다.

붕이 감사합니다.

쌤의 한마디 ⭐

"슬픔은 남에게 터놓고 이야기함으로써, 완전히 가시지는 않을망정 누그러질 수는 있다." 스페인의 극작가 칼데론의 말입니다. 슬픔 앞에서 슬금슬금 뒷걸음치기보다는 슬픔을 직접 대면하고 진솔하게 토로하는 것. 이것이 슬픔을 극복하는 가장 현명한 방법 아닐까요?

〈만언사〉,
진솔함으로 세상에 감동을 주다

이 작품은 1798년(정조 22년) 안조환이 지은 가사입니다. 그는 대전 별감을 지내면서 국고로 술과 유흥을 즐겼고, 그 일로 추자도로 유배 당하지요. 〈만언사〉는 자신의 출생부터 유배된 경위, 유배지에서의 고생을 담은 본문과 섬 주민이 작가를 위로하는 〈만언답서萬言答書〉, 그리고 가족을 걱정하는 〈사부모思父母〉, 〈사백부思伯父〉, 〈사처思妻〉, 〈사자思子〉로 구성되어있습니다. 유배 생활의 고통을 사실적으로 묘사하며, 그 괴로움을 탄식조로 표현하지요.

> 내가 일 년 고생하는 건 남이 십 년 고생하는 것과도 같도다.
> 흉한 것이 길하게 될 것인가. 고진감래는 언제 될까.
> 하느님께 비나이다. 서러운 심정 비나이다.
> 달력도 해가 지나면 다시 쓰지 아니하고
> 노여움도 밤이 지나면 풀어져 버리나니,
> 세상일도 세월이 흘러 묵은 일이 되고
> 사람 일도 묵은 일이 되었으니,
> 죄를 모두 씻어주어 인제 그만 용서하사

옛 인연을 다시 잇게 하옵소서.

〈만언사〉의 마지막 구절입니다. 제 고통스러운 삶을 토로하며 모든 잘못을 씻어버리고 용서해달라는 마음을 드러내지요. 이 글은 서울로 보내집니다. 글을 읽은 궁녀 중 눈물을 흘리지 않는 이가 없었다고 하네요. 진솔함은 세상에 감동을 주는 걸까요? 결국, 임금도 그를 소환했다는 일화가 전해집니다. 위선의 가면을 벗고 인간 본연의 모습과 슬픔을 적나라하게 드러낸 이 작품은 우리 문학 속에서 영원히 살아 숨 쉴 것입니다.

즐거움

세상에서 가장

즐거운 게 뭔지 아니?

그건 너와 함께 있는 거야

진정한 친구가 누군지 아니?
나를 한번 보렴

〈숙녀지기〉

나정 쌤, 궁금한 게 있어요.

쌤 뭔데요?

나정 학교를 졸업하고 사회에 나가면 친구를 사귀기 어렵다는 말이 사실이에요?

쌤 음…, 글쎄요. 누가 그러던가요?

나정 어제 엄마가 그러시더라고요. 사회에 나가선 친구 사귀기 어려우니까 학창 시절에 친구를 잘 사귀어야 한다고요.

쌤 그렇군요. 나정이는 어떻게 생각해요?

나정 음…, 저도 잘 모르겠어요. 아직 사회에 나가보질 않아서요.

쌤 사회에선 온갖 사람을 만나지만, 대부분 스쳐 지나는 경우가 많습니다. 만남에서 이해관계를 따지는 경우도 많고요. 직장에도 보통 위계질서가 있고 직급이 나누어져 있기에 누군가와 마음을 터놓고 지내기는 쉽지 않지요. 친구가 되려면 제 모든 것을 낱낱이 보여주어야 하는데, 그런 순수성은 나이가 들면서 점차 옅어지게 마련이니까요. 그래서 사회에서는 친구 대신 동료라는 말을 쓰는지도 모르겠네요.

나정 그렇군요.

쌤 사실 학창 시절만큼 친구를 사귀기 좋을 때는 없습니다. 이때 사귄 친구는 세속적 조건을 넘어서 평생 함께할 수 있는 절친이 될 수 있으니까요. 마음이 맞는 친구와는 시간을 함께 보내며 삶의 즐거움을 나눌 수 있지요.

나정 정말 그런 것 같아요.

쌤 쌤이 나정이에게 꼭 얘기해주고 싶어요. 삶의 즐거움을 누리려면 놓치지 말아야 할 것이 바로 친구라고요. 오늘 배울 작품의 주제는 두 여인의 우정이에요. 〈숙녀지기〉라는 제목을 보니 알 수 있겠지요?

나정 넹, 호호.

동구 늦었습니다, 쌤.

붕이 헉헉. 아휴, 힘들어. 살 빠지겠다.

쌤 어서들 와요. 자, 오늘은 즐거움을 주제로 한 첫 시간입니다. 〈숙녀지기〉에서 지기知己는 나를 알아주는 친구를 뜻하지요. 보겠습니다.

명나라 소주에 여장이라는 선비가 있었습니다. 그는 과거에 급제해 한림 벼슬에 오릅니다. 게다가 딸 진주를 얻지요. 잠시나마 가족은 행복했지만, 곧 불행이 닥쳐옵니다. 아내가 병으로 죽고, 여장은 간신의 모함으로 항주로 내쫓기니까요.

불행은 그곳에서도 계속됩니다. 한 악당이 과부를 겁탈하려다 과부가 자결하는 일이 벌어졌는데요, 여장은 법에 따라 악당을 잡아들입니다. 그러나 그는 감옥에서 자살하고, 복수심에 불탄 그의 아들이 자객을 고용해 여장을 살해하지요.

붕이 허, 이런 안타까운 일이….

쌤 이제 남은 건 어린 진주와 유모, 그리고 유모의 딸인 주영뿐입니다. 아버지가 돌아가셨으니 장례를 치러야 하는데, 청렴한 관리였기에 집에 재물이라곤 티끌만큼도 없네요. 그들은 여기저기 떠돌며 돈을 빌리다 우연히 제 시랑을 만나 돈을 얻고, 진주와 주영은 그 집에 노비로 들어가게 됩니다.

동구 허…, 아버지 장례비를 마련하고자 팔려 간 셈이군요.

쌤 그래요. 노비로 살아가는 건 고달픈 일이었지요. 특히나 못된 주인을 만났을 때는 더더욱 말이에요. 제 시랑에게는 두 딸이 있었습니다. 그중 큰딸 초요는 성질이 포악하고 질투심이 강했어요. 초요는 진주의 미모를 시기합니다. 그래서 그녀에게 노래와 춤을 가르쳐 기생으로 팔아 치우자고 아버지에게 조르지요. 아버

102

지도 큰딸이 자꾸 보채니까 마음이 흔들려요.

나정 헐, 저런 파렴치한…. 아우, 짜증 나.

붕이 흐미, 또 폭발했다. 무서워라.

쌤 진주 입장에서 이 위기를 극복할 방법이 뭐가 있을까요?

붕이 도망쳐야지요.

동구 도망친다고 여자 혼자 살아갈 수 있을까? 게다가 주영이도 남아있는데.

붕이 그럼 어쩌지?

쌤 쉽지 않은 상황이지요. 진주는 연못에 뛰어들까 하지만 목숨을 버리는 건 불효라는 생각이 듭니다. 그러다가 방법을 생각해내요. 미친 척하는 겁니다. 미친 여자를 기생으로 팔 순 없으니까요. 진주는 머리를 풀어헤치고 실없이 헤헤 웃거나 흑흑 울면서 정신이 나간 것처럼 행동하지요. 연기가 얼마나 감쪽같은지 제 시랑의 가족은 물론 주영까지 모두 속아 넘어갑니다.

붕이 흠, 아이디어 좋군요.

쌤 자, 이렇게 세월은 흘러갑니다. 어느 날 진주와 주영은 약초를 캐러 산에 오릅니다. 그런데 어디선가 낭랑한 말소리가 들리네요. 얼핏 보니 한 여인이 시녀들에게 둘러싸여있습니다. 여인은 하늘에서 내려온 선녀만큼이나 아름다운 외모를 지녔지요.

진주가 그 모습을 보고는 감정이 북받쳐 울음을 터뜨립니다. 그녀 역시 한림학사였던 아버지와 자애로운 어머니 밑에서 행

복하게 자란 양반집 규수였지만, 지금은 남의 집에서 종노릇이

나 하며 팔려가지 않으려고 미친 척하고 있으니까요.

마침 정자에서 노닐던 여인이 그 모습을 봅니다. 그리고 호기심

이 생겨 진주를 부르지요. 여인의 이름은 화홍미, 화 상서의 딸

이었어요. 그녀는 빼어난 용모만큼이나 마음도 아름다웠습니

다. 그녀의 말을 들어 볼까요?

"무슨 사연이 있는 것 같구나. 그대가 지혜롭게 자신을 감추려 하나 나를 속이진 못한다. 내 그대를 보니 재주와 덕이 있고 귀한 사랑을 받은 사람 같은데 어찌 이런 모습이 되었느냐?"

나정 어머나, 완전히 꿰뚫어 본 것처럼 정확히 알아맞히네요.

쌤 그래요. 그녀의 말이 진주의 서러운 마음을 더욱 흔듭니다. 진주는 슬프게 울며 대답하지요.

"제 마음을 거울처럼 꿰뚫어 보시니, 이 같은 분을 만나 어찌 마음을 숨기겠습니까."

그러면서 지금까지의 일을 모두 털어놓지요. 화홍미는 진주의 효성과 성품에 감탄하면서도, 그녀의 딱한 처지에 안타까움을 금치 못합니다. 그녀는 말하지요.

"귀한 분을 알아보지 못하고 소홀히 대한 것을 나무라지 마시고, 이제부터라도 서로 의지하며 형제처럼 지냄이 어떻겠소. (…) 저는 비록 아무 부족함 없이 자랐으나 친형제가 없어 외로웠답니다. 이렇게 용모와 재주가 뛰어난 분을 만나니 앞으로 참다운 친구가 될 것을 약속하겠소."

나정 으음, 어려운 이에게 선뜻 손 내미는 모습이 훈훈하네요.

쌤 아마 현실에서는 좀처럼 보기 어려운 모습이겠죠. 잘 알지도 못하는 이에게 동정심만으로 형제처럼, 친구처럼 지내자고 말하기는 어려우니까요. 그래도 우리는 종종 듣곤 합니다. 작품과 똑같지는 않더라도 다양한 방식으로 어려움에 부닥친 이를 도운 사연을요. 예를 들어 어떤 경우가 있을까요?

동구 부모에게 버려진 아이를 데려다가 정성껏 키우는 거요.

붕이 독거노인을 위해 봉사하는 것도 있지 않나?

쌤 좋습니다. 베푸는 자에게는 원한도 없고 무서울 것도 없다고 하지요. 그런 선행은 상대를 행복하게 하고, 나에게도 큰 기쁨과 만족감을 줍니다. 기억하세요. 부러우면 진다는 말도 있는데 반대로 베풀면 이긴다는 걸.

나정 그렇군요. 베풀면 이긴다.

쌤 그 말을 잘 이해해야 합니다. 이긴다는 건 상대보다 우월해서 그를 제치고 앞선다는 의미가 아니에요. 오히려 과거의 나보다 좀 더 나아지고, 한층 성숙하고 발전할 수 있다는 의미지요.

화 소저와 진주는 자매를 맺습니다. 화 소저가 언니, 진주가 동생으로 말이에요. 서로 이야기를 나누다 보니 어느덧 날이 저물었네요. 집에 돌아가야 할 시간입니다. 이들은 아쉬운 마음을 달래며 헤어지지요.

화 소저는 집으로 돌아가 낮에 있었던 일을 아버지에게 이야기합니다. 그러고는 어떻게든 진주를 돕고 싶다고 말하지요. 화 상서도 딸의 이야기를 듣고 진주를 친딸처럼 애틋하게 여기며 몸값을 주고라도 데려오기로 합니다.

붕이 와, 착하네요, 정말.

쌤 그러나 말처럼 되진 못하지요. 나라에 전쟁이 일어나고 화 상서는 벼슬에서 물러나게 됩니다. 게다가 사정이 생겨 가족 모두

고향으로 떠나게 되지요.

한편 제 사랑은 전쟁터에 나가 공을 세웁니다. 그러나 간신의 모함으로 집에 돌아오지 못할 상황에 부닥치지요. 이에 부인은 진주를 간신에게 보내기로 합니다. 남편을 구하기 위한 일종의 뇌물인 셈이었죠.

나정 헐, 처음에는 기생으로 팔아넘긴다더니 이젠 간신에게 보내려고 하네. 나쁜 집안이야, 정말.

쌤 더는 이대로 있을 수 없지요. 진주와 주영은 물에 빠져 죽은 것처럼 꾸며놓고 남장한 채로 탈출합니다. 그들의 목적지는 화 소저의 고향이었어요. 몇 날 며칠을 걸어 우여곡절 끝에 그녀와 만납니다. 남장한 진주를 알아본 화 소저는 손을 맞잡고 감격의 눈물을 흘리지요. 이들은 한시도 서로의 곁에서 떠나지 않습니다.

붕이 흠, 다행이군요.

쌤 진짜 위기는 지금부터예요. 화 소저에겐 상희복이라는 남자가 있었습니다. 둘은 미래를 약속한 사이였어요. 반면에 그녀에게 청혼했다가 뜻을 이루지 못한 남자도 있었습니다. 분한 마음에 그는 어머니인 희양 공주를 움직여 황제에게 화 소저를 후궁으로 맞이할 것을 권유하지요. 황제는 외모가 아름답다는 말에 솔깃해서 그녀를 부릅니다. 화 상서가 딸은 이미 약혼한 몸이라고 반대의 상소를 올려봤자 소용없네요. 오히려 어명을 거스른 죄로 처벌하겠다고 크게 화를 내지요. 어서 그녀를 궁으로 들이라고 독촉합니다.

나정 헐, 황제가 임자 있는 여자한테 왜 저런데.

쌤 어명을 거역할 수는 없지요. 원치 않는 인생이 펼쳐지는 순간입니다. 이제 화 소저는 궁에서 눈물만 흘리며 목숨을 끊으려 합니다. 사랑하던 이와 친구, 가족을 모두 떠나보낸 채 평생을 이곳에서 살 수밖에 없으니까요.

불행은 누가 진정한 친구인지를 보여준다는 말도 있지요. 이 상황을 지켜만 본다면 친구가 아니겠지요? 이제는 진주가 나섭니다. 친구를 살리려고요.

붕이 일명 '화 소저 구하기 대작전'이네요. 헤헤.

쌤 하하, 그렇습니다. 진주는 궁으로 향합니다. 그래서 등문고(억울한 일이 있을 때 치는 북)를 두드리지요. 이렇게 황제와 만나게 된 진주. 뭐라고 하는지 볼까요?

"소녀는 화 소저와 원래부터 아는 사이가 아니었습니다. 힘들 때 우연히 만나 형제가 되었기에, 친자매보다도 정이 깊고 우애가 두텁습니다. 옛 선왕께서는 사람이 지켜야 할 예의와 도덕을 밝히셨습니다. 또한, 한 나라의 왕이 아름다운 여자에 빠지면 나라가 망하게 되옵니다. 황제께서는 여자 때문에 선왕의 가르침을 어기려 하시옵니까?"

동구 와, 딱 부러지게 얘기하네요.

붕이 으음, 왠지 반박할 수가 없다.

쌤 그 말을 듣고 황제는 곰곰이 생각하다 입을 엽니다.

"형제를 아끼는 너의 마음이 이러하니 짐이 기특하게 생각한다. 그러면 그대가 친구를 위하여 화 소저를 대신해서 후궁이 될 생각은 없는가?"

나정 어머, 황제가 부끄럽지도 않나? 어떻게 저렇게 말할 수가 있지?

동구 제왕불치帝王不恥라는 말도 있잖아. 제왕은 부끄러움이 없어. 천하를 가진 사람이니까.

쌤 그래요. 정말 난관입니다. 예스나 노 둘 다 대답하기 어려운 상황이지요. 이럴 때는 감정에 호소하는 게 답입니다. 현명하게 말하는 진주의 모습을 볼까요?

"소녀의 아비 여 한림은 항주에서 죄인을 다스리다가 칼을 맞고 세상을 떠나게 되었습니다. 소녀는 형편이 어려워 아비의 장례를 치르고자 몸을 팔아 시종이 되었습니다. 그런데 그 댁 딸이 저를 기생으로 팔려 하기에 미친 척하고 다녔는데, 다행히 화 소저를 만나 형제를 맺게 된 것입니다."

그 말에 황제는 호기심이 들어 더 자세히 물어봅니다. 그리고 그간 진주가 겪은 고초를 들으며 그녀의 효심과 성품을 기특하게 여기지요. 사람을 설득하는 가장 좋은 방법은 마음을 움직이는 것 아닐까요? 황제는 말하지요. "보내줘라."

나정 와, 다행이네요.

붕이 진주도 강심장이네. 목숨 걸고 친구를 구한 거잖아요.

쌤 그래요. 화 소저와 진주가 영원한 친구로 남는 장면이지요. 이 둘은 상희복에게 시집가서 자식을 낳고 즐겁게 살다 갑니다. 한 남자에게 두 여인이 함께 시집가는 부분도 흥미롭지요.

동구 정말 그렇네요. 처첩 간의 갈등은 많이 봤어도 친구랑 같이 시집가서 행복하게 사는 건 처음 봐요.

쌤 여러분에게 즐거움을 주는 건 무엇인가요? 컴퓨터 게임, 등급이 오른 성적, 두둑이 받은 용돈…. 아마 여러 가지가 있을 겁니다. 그러나 가장 큰 즐거움을 주는 건 바로 사람입니다. 나를 아껴주고, 인정해주고, 사랑해주는 사람 말이에요.

좋은 친구는 내게 즐거움을 줍니다. 삶의 소중한 추억을 함께 만들어갈 수 있으니까요. 여러분 곁에도 화 소저나 진주와 같이 나를 알아줄 지기가 있기를 바랍니다. 오늘은 이것으로 마치지요.

나정 감사합니다.

쌤의 한마디 ⭐

연대(連帶)란 한 덩어리로 서로 연결되어있다는 뜻입니다. 고난 앞에서 두 여인은 연대 의식을 발휘해 뭉쳤습니다. 한쪽이 노비살이를 할 때 다른 한쪽은 선의를 베풀어 친구 되기를 제의했지요. 그리고 반대로 한쪽이 궁에 갇혔을 때 다른 한쪽은 용기를 내어 친구를 구해냅니다. 두 여인의 아름다운 우정을 보니 흐뭇하네요.

〈숙녀지기〉,
아름다운 우정은 모두를 행복하게 한다

이 작품은 중국 명나라를 배경으로 한 작자·연대 미상의 소설입니다. 여진주와 화홍미라는 두 여인의 우정 이야기를 흥미롭게 그려냈지요.

만약 부귀했던 화 소저가 진주를 천한 신분이라고 무시했다면 어떻게 되었을까요? 훗날 그녀가 궁에 갇혔을 때 그 어떤 사람도 황제 앞에 나서지 않았겠지요. 그리고 남은 평생을 즐겁게 보낼 친구를 얻는 행운도 얻지 못했을 거고요. 결국, 그녀의 적극적인 관심과 배려는 모두를 행복하게 만드는 원동력이 되었습니다.

피는 물보다 진하다고 합니다. 친구와의 우정 역시 물보다 진하지 않을까요? 혈연과 달리 우정은 우리가 노력하며 가꾸어야 하기에 어떤 의미에선 더욱 가치 있을지도 모릅니다. 우정을 끝낼 수 있다면 그 우정은 실제로 존재하지 않았다는 말처럼요.

작품 중간에 급하게 고향으로 내려가게 된 화 소저가 진주와의 이별을 슬퍼하며 편지를 보냅니다. 그것을 읽으면서 마무리하겠습니다.

하늘이 우리를 만나게 해주어 좋은 이야기도 많이 나누고 정말 즐거웠습니다. 착한 마음씨와 훌륭한 재주를 가진 동생이 생겨 정말 기뻤었는데, 이렇게 금세 헤어지게 되다니 그 슬픔은 이루 말할 수가 없습니다. 자매의 향기로운 그림자가 눈앞에 아른거리고 예쁜 목소리가 아직도 들리는 것 같습니다.

나는 외할아버지가 편찮으셔서 어머님과 고향에 갑자기 내려가게 되었습니다. 죽고 사는 것과 슬프고 기쁜 일들을 함께 나누기로 했는데 불행히도 만날 수가 없네요. 여기 약간의 돈과 남자 옷 두 벌을 보내니 급한 일이 생기면 쓰도록 하고, 부디 자기 몸을 소중히 생각하며 꿋꿋하게 지내길….

가족이란 역사의 소용돌이 속에서도 언제나 하나란다

〈최척전〉

동구 안녕하세요, 쌤.

나정 어머, 쌤, 어디 편찮으세요? 얼굴이 안 좋아 보여요.

쌤 아, 그런가요? 실은 어제 한잠도 못 잤답니다.

붕이 무슨 일 있으셨어요?

쌤 어젯밤에 외할머니가 돌아가셨다는 연락을 받았거든요.

나정 어머, 저런.

붕이 오늘은 좀 쉬시지, 왜 나오셨어요.

쌤 그런가요? 밤새 조문하고 왔더니 쌤 상태가 그리 좋진 않네요.

나를 예뻐해주시던 할머니와 이별하게 되어 슬프기도 하고요.

어제 일을 겪으며 쌤도 가족의 의미를 다시 한 번 생각해보았답니다.

그래도 오늘 할 일은 미루지 말아야지요. 이번 시간에 여러분과 함께할 작품도 가족에 대한 것입니다. 그렇기에 더욱 의미 있을 것 같네요. 오늘은 쌤이 목소리를 크게 내진 못할 거 같아요. 괜찮지요?

동구 넵, 쉬엄쉬엄하세요.

붕이 쌤, 여기요. 음료수라도 하나 드세요.

쌤 고맙습니다. 자, 작품 제목은 〈최척전〉입니다. 전라도 남원에 최척이란 소년이 있었습니다. 어머니를 여의고 아버지와 단둘이 살았던 그는 마을의 정 생원을 스승으로 모시며 학문을 배웠습니다.

그러던 어느 날입니다. 최척이 글을 읽고 있는데 창틈으로 쪽지가 날아오지요. 호기심에 쪽지를 펼쳐봅니다. 무슨 내용일까요?

떨어지는 매실이여, 광주리를 기울여 모두 담도다.
나를 찾는 선비여, 어서 말씀하세요.

나정 어머나, 어떤 여인이 짝을 구하나 봐요. 자신에게 말을 걸어달라는 의미네요.

붕이 아, 나랑 똑같네. 도서관에서 공부하다 보면 나한테도 여기저기서 쪽지가 날아온다니까.

동구 푸핫.

나정 다리 떨지 마라, 쩝쩝거리면서 뭐 좀 먹지 마라, 그런 쪽지 아냐? 크크.

쌤 하하, 아무튼 최척은 호기심이 들지요. 공부를 마치고 나가는데 그의 앞에 한 시녀가 나타납니다. 그녀는 주인인 이 낭자를 위해 답장을 받아가야 한다고 말하지요.

나정 이 낭자는 누구예요?

쌤 이 낭자의 이름은 옥영입니다. 그녀는 어머니와 단둘이 살았는데, 임진왜란으로 이곳저곳을 떠돌다가 마침 친척인 정 생원의 집에 와있던 거죠.

동구 스승의 친척인 옥영이 최척에게 관심을 보인 거네요.

쌤 그런 셈이지요. 사실은 최척도 그녀를 몇 번 본 적이 있습니다. 머릿결은 구름을 드리운 듯 아름다웠고 얼굴은 꽃처럼 예뻤던 그녀. 그녀가 먼저 쪽지를 보낸 겁니다.

최척은 무척이나 기뻤지요. 그는 아버지에게 혼사를 진행해달라고 간청합니다. 그러나 아버지는 내심 걱정스러워요. 지체 높은 옥영의 집안에선 당연히 부자 사위를 원할 테니까요. 아버지가 정 생원을 만나보았지만, 역시나 그렇답니다. 옥영의 어머니가 부자 사돈을 원한다네요.

나정 어머나, 어머니도 좀 너무하네요. 딸을 사랑하는 사람한테 시집보내야지 돈 많은 집안에 보내야 하나?

쌤 그래요. 그러나 옥영은 보통 여인이 아닙니다. 어머니를 설득하지요. 볼까요?

"어머니가 사윗감을 고르면서 저를 위해 반드시 부잣집 자제를 구하려 하시니 그 마음은 참으로 고맙습니다. 집도 부유하고 사람도 똑똑하다면 얼마나 좋겠어요. 하지만 집이 잘살더라도 사람이 똑똑하지 못하면 가업을 유지하기 어려울 거예요. 만일 제가 몹쓸 사람을 남편으로 맞는다면 집에 쌀이 있다고 해도 그걸 먹을 수 있겠어요? (…) 의롭지 못하면서 부유한 삶을 저는 원치 않아요. 그러니 제가 그 집에 시집갈 수 있게 해주세요.

제가 직접 나서서 말할 일이 아닌 줄 알지만, 워낙 중대한 문제이다 보니 부끄러워하며 말을 삼가는 태도를 보일 수 없었어요. 묵묵히 입 다물고 있다가 끝내 용렬한 사람에게 시집가서 일생을 망친다면 어쩌겠어요. 깨진 시루는 다시 붙일 수 없고 한 번 물들인 실은 다시 하얗게 할 수 없으니, 울어봐야 소용없고 후회해도 돌이킬 수 없는 일이지요."

붕이 이야, 마음이 짠하네요.

나정 "깨진 시루는 다시 붙일 수 없고, 한 번 물들인 실은 다시 하얗게 할 수 없어요." 정말 멋진 말이네요. 잘 기억해놔야지.

쌤 그래요. 진심이 느껴지지요. 마침내 최척과 옥영은 결혼하기로 합니다. 그런데 혼례를 앞둔 어느 날, 일이 터집니다. 왜군이 마을로 다가오면서 최척이 의병으로 뽑혀 전장으로 가게 되지요. 결국, 혼인날이 되어도 혼례를 올리지 못합니다.

하루하루 날짜가 흐르고 의병으로 간 최척에게는 연락이 없어요. 마침 이웃집에 사는 부자 양씨가 옥영에게 반해 수만금으로 옥영의 어머니를 유혹합니다. 돈을 줄 테니 딸과 결혼하게 해달라고요. 재물에 대한 욕심 때문일까요? 어머니는 결혼을 승낙해버립니다.

나정 아, 어머니, 왜 이러시나요?

쌤 당연히 옥영은 결사반대하지요. 한밤중에 목을 매 자결하려다 실패하고 맙니다. 어머니도 이 모습을 보고는 마음을 바꾸지요. 그 소식은 의병으로 나간 최척에게도 전해져서, 그는 부리나케 고향으로 돌아와 결혼식을 올리지요.

붕이 아따, 결혼하기 참으로 힘드네요.

쌤 어렵게 결혼식을 마치고 둘은 행복한 나날을 보냅니다. 아들도 하나 낳았는데 등에 붉은 점이 있네요. 꿈에서 부처님이 점지해준 아이라 해서 이름을 몽석(夢釋, '부처님 꿈을 꾸다'라는 의미)이라 지었지요. 그러나 행복한 날은 오래가지 못합니다.

정유년(1597년) 8월, 남원이 왜구에게 함락되자 최척은 가족을 이끌고 지리산 연곡사로 피란을 갑니다. 2차 침략 전쟁, 정유재란이었지요. 최척이 식량을 구하러 간 사이, 왜구는 이곳까지 쳐

들어와 사람들을 죽이고 재물을 약탈합니다. 그가 곧 돌아왔지만, 남은 것은 불타버린 건물과 시체뿐이었지요. 그는 가족을 찾아 섬진강 일대를 헤매지만, 끝내 찾지 못합니다.

가족 모두 죽었을 거라 생각하자 마음이 미어질 듯하네요. 최척은 명나라에서 구원병으로 온 장수를 따라 중국으로 갑니다. 가족도 잃었는데 자기 혼자 이곳에 살고 싶은 생각이 없었겠지요.

나정 쯧쯧.

쌤 가족은 뿔뿔이 흩어집니다. 최척의 아버지와 옥영의 어머니는 손자 몽석을 데리고 산골짜기에 숨어 근근이 살아가지요. 또, 남장하고 있던 옥영은 왜병에게 붙들려 일본으로 끌려가고요. 남자로 보이는 그녀는 왜병과 배를 타고 장사를 다니게 됩니다.

동구 아빠는 중국에, 엄마는 왜국에, 할아버지·할머니랑 손자는 조선에…. 전쟁으로 집안이 풍비박산 났네요.

쌤 그래요. 여러 해가 지나 최척은 중국 상인과 배를 타고 비단을 팔러 다닙니다. 배가 안남安南, 지금으로 말하면 베트남에 머물 때예요. 어둑한 밤에 어디선가 염불 소리가 들려옵니다. 저쪽에 정박한 일본 상선 쪽에서요. 갑자기 고향 생각이 나네요. 착잡한 마음에 최척은 피리를 꺼내 불지요. 그런데 피리 소리가 들리자 문득 염불 소리가 멈춥니다. 그러고는 시가 한 편 들리지요. 어떤 시일까요?

왕자교 통소 불 제 달은 나지막하고

바닷빛 파란 하늘엔 이슬이 자욱하네.

푸른 난새 함께 타고 날아가리니

봉래산 안갯속에서도 길 잃지 않으리.

붕이 음…, 짝을 찾는 내용 같은데요?

쌤 그래요. 이 시는 최척과 옥영 둘만이 아는 시입니다. 조선에 살 때 옥영이 지었던 시니까요. 최척은 그 시를 듣고 넋이 나갈 듯했지요. '설마 아내가?'

나정 아.

쌤 그들은 극적으로 재회합니다. 아내 역시 일본인을 따라 이곳에 물건을 팔러 왔거든요. 지금까지 여자임을 속이고 험난한 삶을 살았던 그녀. 베트남이라는 먼 이국땅에서 남편을 다시 만나게 된 겁니다. 그들의 마음이 어땠을까요?

최척과 옥영은 마주 보고 소리치며 얼싸안고 모래밭을 뒹굴었다. 기가 막혀 입에서 말이 나오지 않았다. 눈물이 다하자 피눈물이 나왔으며 눈에 아무것도 보이지 않았다.

붕이 아무것도 보이지 않을 정도로 울었다니 얼마나 기뻤을까.

쌤 이들은 중국 항주에 정착해 살게 됩니다. 비록 오랜 세월이 지

났지만, 부부의 사랑은 변함없었지요. 이곳에 살면서 둘째 아들도 낳습니다. 잃어버린 첫째 아들 몽석이 다시 태어난 것으로 여겨 이름을 몽선夢禪이라고 지었지요.

평화로운 나날이 계속되고, 둘째 아들이 자라 결혼할 나이가 되었습니다. 며느릿감을 구해야 하는데 이웃에 홍도라는 처녀가 있었지요. 이 여자도 보통이 아닙니다. 그녀의 아버지는 임진왜란 때 조선에 출병했다가 소식이 끊겼고, 어머니도 일찍 돌아가셔서 현재 이모의 집에 사는데요, 아버지가 타국에서 돌아가신 걸 슬퍼하면서, 언젠가 아버지의 시신을 모셔다가 장례를 치르는 것이 소원이라고 하지요. 마침 조선인인 몽선이 신붓감을 구한다는 소식을 듣고 이모에게 중매를 부탁해 그의 아내가 되고자 합니다.

나정 조선인 남편을 얻어서 나중에 조선에 가보겠다는 마음인가 보죠? 대단하네요.

쌤 그래요. 최척 부부는 그 뜻을 높이 삽니다. 그래서 흔쾌히 며느리로 맞아들이지요. 그녀 역시 시부모와 남편을 받들어서 가족은 오붓하게 지냅니다.

그러나 또다시 전쟁이 터지고 이들은 격랑의 소용돌이 속으로 빠져들지요. 기미년(1619년)에 후금의 누르하치가 명나라 요양 땅을 침공합니다. 이에 명나라는 중국 전역의 병사를 일으켜 토벌하고자 하지요. 최척 역시 명나라군으로 가게 됩니다. 요양까지는 수만 리. 살아 돌아올 수 있을지 기약하기 어렵습니다. 최척은 가족과 또다시 생이별하게 되었지요.

붕이 전쟁이 뭔지. 참내….

쌤 명나라는 조선과 합세해 후금에 맞섭니다. 그러나 결과는 참담하지요. 이들은 후금의 군대에 대패하고 최척은 포로가 됩니다. 포로수용소에 들어가니 조선인들도 계속 잡혀 오네요.

최척의 옆에 한 젊은 조선 병사가 들어와 앉습니다. 서로 이것저것 물어보면서 차츰 친해지지요. 최척은 기구한 제 사연을 들려줍니다. 그런데 젊은이의 안색이 바뀌면서 최척에게 죽은 아들의 나이가 몇이고 신체상의 특징이 있는지 묻지요. 최척은 답합니다. "갑오년(1594년) 10월에 태어나 정유년(1597년) 8월에 죽었소. 등에 아이 손바닥만 한 붉은 점이 있다오." 그러자 젊은이는 놀라서 말을 잇지 못하다가 웃통을 벗고 자기 등을 보이며 말하지요. "제가 바로 그 아들이옵니다!"

나정 어머! 죽었다고 생각한 첫째 아들을 여기서 만나네요.

쌤 그래요. 아들 역시 조선 병사로 출정했다가 포로가 된 것이지요. 둘은 서로를 얼싸안으며 기쁨의 눈물을 흘립니다. 이들은 감시병의 도움을 받아 포로수용소에서 탈출하지요. 쉽지 않은 여정이었습니다. 중국 국경을 넘어 조선으로 향하면서 수차례 죽을 고비를 맞지만, 무사히 넘깁니다. 결국, 최척은 자기 아버지와 장모를 만나지요. 그리고 죽은 줄로만 알았던 진씨, 즉 며느리 홍도의 아버지도 함께 만나게 됩니다.

붕이 완전히 가족의 재결합이네요.

쌤 그래요. 그러나 아직은 아니죠. 아내와 둘째 아들 내외는 여전히 중국에 있으니까요. 옥영은 명나라 군대가 전멸했다는 소식을 듣습니다. 남편이 죽었을 거라 생각해 목숨을 끊으려 하지만, 아들 내외가 말리네요. 옥영은 마음을 고쳐먹고 말합니다. 만약 남편이 목숨을 건졌다면 필시 고국으로 갔을 테니 자신도 고국으로 가겠다고요. 그래서 준비합니다. 배를 빌리고 양식을 채우고, 곧바로 출발하지요.

동구 가족 찾아 삼만 리군요.

쌤 목숨을 건 항해였습니다. 도중에 풍랑과 해적을 만나 죽을 위기를 겪지요. 그러나 돛단배를 얻어 타고 겨우 순천 지역에 이릅니다. 경신년(1620년) 4월이었어요. 대엿새 동안 산 넘고 물 건너 남원에 도착하지요. 드디어 그곳에서….

나정 만났네요!

쌤 꿈에 그리던 가족이 모두 한자리에 모입니다. 옥영의 어머니도 딸을 보니 숨이 끊어질 것 같이 기쁩니다. 볼까요?

심씨는 병을 앓던 중에 딸이 왔다는 소식을 듣고는 놀라 자빠지며 기가 막혀, 산 사람의 얼굴빛이 아니었다. 옥영이 심씨를 부둥켜안고 구호한 뒤에야 겨우 숨을 쉬더니 이윽고 상태가 좋아졌다.

붕이 허, 얼마나 기뻤을까.

동구 마치 이산가족이 상봉하는 걸 보는 것 같네요.

쌤 본디 사람은 나약한 존재입니다. 전쟁이나 재난 같은 거대한 운명 앞에서 쉽게 사라져버리지요. 그렇기에 우리는 갈구합니다. 내가 우울할 때 슬픔을 나누고, 기쁠 때 즐거움을 함께 누릴 존재를요. 그게 바로 가족일 겁니다. 역사의 소용돌이 속에서 이별과 만남을 함께한 가족 이야기. 결국, 자신의 피붙이를 찾아내 눈물로 얼싸안는 모습은 우리에게 깊은 감동을 주네요. 마칩니다.

나정 감사합니다.

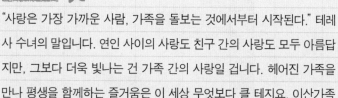

쌤의 한마디

"사랑은 가장 가까운 사람, 가족을 돌보는 것에서부터 시작된다." 테레사 수녀의 말입니다. 연인 사이의 사랑도 친구 간의 사랑도 모두 아름답지만, 그보다 더욱 빛나는 건 가족 간의 사랑일 겁니다. 헤어진 가족을 만나 평생을 함께하는 즐거움은 이 세상 무엇보다 클 테지요. 이산가족이 상봉하는 모습을 보며 우리가 마음 따듯해지는 걸 느끼듯이요.

작품 돋보기

〈최척전〉,
세상이 우리 가족을 갈라놓지 못하리라

이 작품은 1621년(광해군 13년) 조위한이 지은 고전소설입니다. 16세기 말부터 17세기 초까지는 격랑의 시대였습니다. 1592년 임진왜란, 1597년 정유재란, 1636년 병자호란까지 전쟁이 끊이질 않았지요.

  그 와중에 가장 피해를 본 건 누구일까요? 그건 바로 수많은 백성일 겁니다. 그들은 전쟁에 끌려가 가족과 생이별을 겪어야 했지요. 또 집과 재산을 잃고, 헐벗은 채로 굶주리다가 죽기도 했습니다.

  이날 왜적들은 연곡사로 가득히 쳐들어가 아무것도 남기지 않고 다 약탈해갔다. (…) 왜적들이 물러가기를 기다렸다가 간신히 연곡사로 들어가보니, 시체가 절에 가득히 쌓여있고 피가 흘러 내를 이루었다. 노인들은 최척을 보자 통곡하며 말했다.
  "적병이 산에 들어와서 사흘 동안 재물을 약탈하고 인민들을 베어 죽였으며, 아이와 여자는 모두 끌고 어제 겨우 섬진강으로 물러갔네. 가족을 찾고 싶으면 물가에 가서 물어보게나."

  〈최척전〉은 한 가족의 모습을 그립니다. 작품 앞부분에선 최척과 옥영이 사랑하고 결합하는 과정을, 뒤에선 전쟁이라는 기구한 운명 속에서 가족이 이별하고 재회하는 모습을 실감 나게 그리지요.

특히 인상적인 건 남은 가족을 찾아 떠나는 부분입니다. 최척은 아버지를 찾아, 옥영은 남편을 찾아 목숨을 걸고 나서지요. 가족은 하나라는 믿음과 각오가 있었기에 할 수 있었을 겁니다. 이들이 가족을 찾았을 때 느꼈을 기쁨을 말로 표현할 수 있을까요? 작가 조위한은 작품 마지막에 자기 생각을 밝힙니다.

아아! 아버지와 아들, 남편과 아내, 시아버지와 장모, 형과 아우가 네 나라에 떨어져 서글피 삼십 년을 그리워하다니! 적지에서 생을 도모하고 사지를 넘나들다 마침내는 단란하게 모여 뜻대로 이루지 못한 일이 없으니, 이 어찌 사람의 힘으로 이룰 수 있는 일이겠는가! 필시 하늘과 땅이 그들의 지극정성에 감동하여 이처럼 기이한 일을 이루어준 것이리라. 하늘도 한 여인의 정성을 거스르지 못하나니, 정성을 가릴 수 없음이 이와 같도다!

얼굴도 모르는 서방님을 위해
내 감옥에 대신 들어가리

〈옥낭자전〉

붕이 벌써 낙엽이 하나둘 떨어지는구나. 아…, 쓸쓸하다.

나정 뜬금없이 뭔 소리래? 너 가을 타니?

동구 그나저나 네 여친은 예전에 한 번 오고 통 소식이 없네. 어떻게
    된 거야?

붕이 흑흑, 나의 아픈 기억을 자꾸 들추지 마라.

나정 차였나 보네.

붕이 야, 너 정말…. 상처를 후벼 파는 말을 자꾸 할래?

나정 아, 미안. 진짜로 그런지 몰랐어.

동구 힘내. 사람은 아픔을 통해 성숙한다잖아. 곧 좋은 일이 있을
    거야.

붕이 흥, 그런 말은 전혀 위로가 안 된다고.

나정 쳇, 얘가 오히려 짜증을 내네. 계속 그러든지 그럼.

쌤 다들 와 있군요. 반갑습니다. 오늘부터 시작하는 주제는 칠정 중 다섯 번째 감정인 사랑입니다. 사랑은 위대하지요. 상대방을 위해 자신의 목숨을 던질 만큼이요. 오늘 배울 〈옥낭자전〉 역시 그런 모습이 잘 나타나 있습니다. 볼까요?

붕이 아, 하필 오늘부터 수업이 사랑이라니…, 흑흑….

쌤 ?

나정 쌤, 얘는 신경 쓰지 마시고 그냥 하시면 돼요.

쌤 자, 볼게요. 조선 함경도 고원에 이춘발이라는 사람이 살았습니다. 집은 부유했으나 자식이 없어 늘 걱정이었지요. 그는 매일 밤낮으로 부처님께 기도를 드렸고 이 정성이 통했는지 부인은 아들을 낳게 됩니다. 아들의 이름은 이시업이에요.
한편 영흥의 김 좌수 역시 자식이 없어 걱정이었는데, 꿈에 하늘나라 궁녀가 나타나 그들의 자식이 되고자 한다네요. 그리고 부인은 딸 김옥랑을 낳게 됩니다.

나정 둘 다 하늘이 점지해준 인물이네요.

쌤 그래요. 이제 이들의 인연이 지상에서 펼쳐지지요. 시업이 나이가 들자 아버지는 짝을 찾느라 분주합니다. 좋은 며느릿감을 구해야 하는데, 마침 김옥랑이라는 처자가 외모도 고운 데다 참하대요. 매파를 통해 소문을 들은 이춘발은 직접 김 좌수를

찾아가 보고 곧바로 혼인하기로 합니다.

나정 근데 아빠들끼리 자녀의 결혼을 결정하다니…. 요즘 관점에서 보면 전혀 이해가 안 돼요.

붕이 그것도 나름 나쁘지 않은데…. 굳이 힘들여서 연애 안 해도 되잖아.

나정 야, 연애도 안 하고 곧바로 결혼하는 게 모험이란 생각은 안 드니?

붕이 하긴…. 널 보면 모험이 아니라 위험이란 생각이 든다.

나정 켁, 얘가 마음 아파해서 봐줬더니 이젠 또 기어오르네.

쌤 하하, 붕이가 다시 기운 차렸네요. 옛날의 결혼은 뭐…, 복불복이죠. 잘 맞으면 부부가 즐겁게 백년해로할 수도 있지만, 그렇지 못할 경우엔 평생을 불행 속에 살았으니까요. 일례로 조선시대 허난설헌의 경우만 봐도 알 수 있지요.

동구 맞아요. 허난설헌에게 세 가지 한이 있었다지요? 여자로 태어난 것, 조선에서 태어난 것, 그리고 김성립의 아내가 된 것 말이에요.

붕이 오, 대단한데.

쌤 동구가 잘 아는군요. 시집간 후 난설헌은 너무나 불행했어요. 시어머니의 학대와 무능한 남편, 돌림병에 죽은 두 아이와 배 속에서 유산된 아기, 억압적인 규방 생활. 이런 현실에서 문학적 재능을 살리지 못하고 스물일곱의 젊은 나이에 세상을 뜬 그녀가 안타깝지요.

그래도 결혼이 다 불행한 건 아니었습니다. 부부간의 열렬한 사랑을 그린 작품도 얼마든지 있으니까요.

나정 분명 그럴 거 같아요.

쌤 자, 결혼식 날이 다가오고 이시업은 아내를 맞으러 영흥으로 갑니다. 기분 좋은 행차지요. 그런데 이게 웬일인가요. 영흥의 토호(土豪, 지방 세력가)가 서둘러 옆을 지나치던 시업을 보고 왜 말에서 내려 인사하지 않느냐며 시비를 걸지요. 그러고는 양반을 업신여기느냐고 화를 내며 상민인 시업을 잡아들이라고 합니다.

붕이 와, 어이없다. 결혼하러 가는 새신랑한테 뭔 행패래.

쌤 시업 역시 황당할 뿐입니다. 그러다가 더 큰 사건이 벌어집니다. '가자', '못 간다' 하인들끼리 싸움이 붙었는데 그 와중에 토호의 하인 하나가 맞아 죽는 일이 벌어지지요. 영흥 부사는 토호의 말만 믿고 시업을 살인죄로 구속합니다. 졸지에 그는 사형 날만 기다리는 처지가 되었지요.

동구 와, 세상에…. 진짜 억울하겠다.

나정 그러게. 그나저나 신부는 어쩔까. 결혼식도 못 했는데 남편이 잡혀 들어갔으니까.

쌤 그래요. 소식을 들은 옥랑과 가족은 슬픔을 금할 길이 없지요. 이대로 있다가는 남편 될 사람을 시체로밖에 보지 못할 겁니다. 어찌해야 하나요?

붕이 구해와야지요. '내 신랑은 내가 구한다.' 크크.

나정 완전 미션 임파서블이네요. 호호.

쌤 그래요. 옥랑은 감옥에 갇혀 사형을 앞둔 남편을 구하기로 합니다. 그녀는 먼저 부모를 안심시키고자 말하지요. 신랑이 죽기 전에 얼굴이라도 한번 보아야 여한이 없겠다고요.

동구 음.

쌤 부모에게 허락받은 옥랑은 남자 옷으로 갈아입고 감옥으로 찾아갑니다. 그러고는 시업과는 죽마고우라며 면회를 허락받지요. 물론 미리 준비해온 술과 안주로 옥졸들을 대접하는 것도 빠뜨리지 않고요.

어렵게 감옥에 들어선 옥랑은 시업을 만나 자신의 정체를 밝힙니다. 그러고는 말하지요. 자기가 이곳에 대신 있을 테니 당신은 얼른 나가라고요. 볼까요?

"첩은 영흥 김 좌수의 딸 옥랑이옵니다. (…) 바라옵건대 군자께서는 첩의 옷을 바꿔 입으시고 나가시오면 첩은 군자를 대신하여 죽어도 한이 없을 터인즉 지체하지 말고 나가소서. (…) 엎드려 바라오니 군자께서는 처의 죽음을 꺼리지 마시옵고 때때로 왕래하여 첩의 늙은 부모를 위로하여 주소서."

붕이 허.

쌤 어리둥절하던 시업은 이윽고 무슨 일이 벌어진 건지 알게 됩니다. 그러나 아내 될 사람을 이곳에 두고 자기 혼자 나갈 수는 없지요. 잠깐 보지요.

시업이 낭자의 손을 잡고 탄식하여 이르는 말이,
"사람의 목숨이 중하기로는 남녀의 구별이 없거늘 어찌 소생의 죄에 낭자가 대신 죽으려 하시느뇨? 이는 천만 불가하오니 그러한 말씀은 다시 이르지 마시고 빨리 돌아가소서."

붕이 음, 하긴 여자를 남겨두고 혼자 떠날 수는 없겠지요.
나정 정말? 진짜? 리얼리? 왜 너의 말에서는 진심이 느껴지지 않지?
붕이 헐…, 애가 날 뭐로 보고. 내가 그 정도까진 아니거든?
쌤 하하, 그래요. 그러나 옥랑은 단호합니다. 그녀는 이곳에 들어올 때부터 목숨을 걸었지요. 봅시다.

"군자의 말씀은 가장 의리에 적당치 못하나이다. 옛말에 여필종부라 하였으니 첩이 군자를 따라 죽는다 할지라도 또한 불가함이 없겠거늘 하물며 군자를 위해 목숨을 바꾸는 것이 어렵겠습니까? (…) 첩의 일편단심이 허사로 돌아감이 어찌 안타깝지 아니하오리까? 일이 이미 이 지경에 다다랐으니 장차 무슨 면목으로 세상 사람을 대하리오? 차라리 이곳에서 자결하여 그로써 첩의 진정을 표하겠나이다."

그러면서 단도를 꺼내 들고 자결하려고 하지요.

동구 헉.

쌤 자기 결심을 받아주지 않는다면 남편이 사형당하기 전에 그의
앞에서 자결하겠다는 여인. 그런 옥랑의 결연한 의지와 목숨을
건 설득에 시업은 어쩔 수 없었습니다. 그는 눈물을 펑펑 흘리
며 감옥을 나오지요. 옥졸들도 친구를 잃는 슬픔에 눈물 흘리

나 보다 생각하고 자세히 보지도 않은 채 통과시킵니다.

사흘 후 부사는 시업을 불러내 문초(죄나 잘못을 따져 묻거나 심문함)하고자 합니다. 그런데 왠지 이상합니다. 사람이 바뀐 것 같아요. 아니, 분명히 바뀌었습니다. 이게 무슨 귀신이 곡할 노릇인가요.

어찌 된 일인지 옥졸에게 확인하려 하지만, 그는 병이 들어 부르기 어렵습니다. 죄인에게 묻자 옥랑은 당당히 대답하지요. 자기가 남편 대신 이곳에 들어왔으며, 남편의 모든 죄를 자신이 달게 받겠다고요. 이 상황에서 여러분이 부사라면 어떻게 하겠나요?

나정 어찌 연약한 여인을 처벌하나요? 놔줘야지요.

동구 저라도 감동해서 보내주겠습니다.

붕이 에헴…, 국법이 지엄하거늘…. 죄인에게는 도주원조죄, 뇌물공여죄를 적용한다. 대신 판결은 무죄. 땅땅!

쌤 하하, 다들 생각이 비슷하군요. 부사는 옥랑의 절의(절개와 의리)에 감동해 관찰사에게 보고하고, 관찰사도 놀라서 왕에게 보고합니다. 왕은 천고에 드문 행실이라며 시업의 죄를 용서해주고 벼슬을 내립니다. 옥랑 역시 정렬부인에 봉해지지요.

고진감래라고 하지요? 어려운 일을 겪은 그들에겐 행복이 찾아옵니다. 정식으로 혼례를 올린 후 시업은 과거에 급제해 호조판서까지 오르고 행복한 일생을 보내지요.

붕이 흐음…, 그렇군요.

쌤 여러분 혹시 아나요? 통계청 자료에 따르면 2014년 기준으로 이혼 건수가 11만 5,510건이랍니다. 단순 수치로 보았을 때 한 해 결혼하는 30만 쌍 중 3분의 1가량이 이혼한다는 것이죠. '님'으로 만나 '남'으로 갈라서는 안타까운 현실입니다. 게다가 결혼하는 것도 순탄치 않지요. 혼수 갈등으로 파혼하는 경우도 있고, 아예 헤어질 걸 고려해 혼인 전에 계약서를 쓰는 경우도 있으니까요.

나정 아…, 그런 말을 들으니 현기증 날 것 같아요, 쌤.

쌤 그런가요? 어쩌면 〈옥낭자전〉은 결혼의 존엄성을 말하고 싶었던 것 아닐까요? 살인 사건에 연루된 죄인을 몰래 옥 밖으로 빼내는 건 큰 범법 행위지만, 소설 속에서는 이를 긍정하고 칭찬하는 것으로 마무리되지요. 그만큼 결혼의 가치를 중히 여긴다는 뜻일 겁니다. 쉽게 만나고 쉽게 헤어지는 요즘 시대에 우리도 한 번쯤 생각해볼 필요가 있겠네요.

동구 음, 천생연분이란 말이 떠오르네요. 하늘이 정해준 인연이요.

붕이 내가 볼 때 그 단어는 조만간 사라지지 않을까 싶은데?

나정 헐, 본인이 차였다고 이제 별소리를 다 하네.

붕이 너 자꾸 그 소리 할래? 응, 응?

쌤 칠정 중 사랑은 다른 여섯 가지 감정과 유기적으로 연결되어있습니다. 사랑으로 다른 모든 감정을 경험할 수 있지요. 사랑은 기쁘고 즐겁지만, 어떤 땐 슬프고 화나게 해요. 또 질투를 느끼며 상대를 미워하게 되고, 소유하려는 욕심도 생기게 하고요.

나정 와, 듣고 보니 정말 그러네요.

쌤 그렇기에 사랑은 가장 본질적이고도 역동적인 감정 아닐까요? 그만큼 어렵기도 하고요.

이 작품에서 옥랑은 남편의 얼굴도 보지 못하고, 정식으로 결혼식을 올리지도 않은 상태였어요. 그러나 그녀는 목숨을 걸고 남편을 도왔고, 결국 행복을 누릴 수 있었습니다. 어찌 보면 무모한 행동이지만, 진정한 사랑이 무엇인지 보여주는 것 같습니다. 여러분도 언젠가 옥랑처럼 헌신해줄 그런 사람을 찾길 바랍니다. 또, 그런 헌신할 사람이 되길 바라고요. 오늘은 이것으로 마칩니다.

동구 감사합니다.

쌤의 한마디 ⭐

사랑은 아무것도 돌아보지 않게 합니다. 상대가 돈이 없든, 직장이 초라하든, 혹은 감옥에 갇혀 있든 오직 그만을 바라보며 내가 가진 모든 것을 주고자 하지요. 심지어는 나의 목숨까지도 말이에요. 그렇기에 사랑은 위대한 것 아닐까요? 사랑의 감정을 느낄 때 우리는 행복이라는 문을 활짝 열 수 있을 겁니다.

〈옥낭자전〉,
'내 남자는 내가 구한다.' 남편을 위해 목숨을 건
여인의 이야기

이 작품은 작자·연대 미상의 소설입니다. 이시업과 옥랑의 애절한
사랑을 그리지요. 또한, 양반과 상민 간의 갈등에서 발생한 송사 사
건을 통해 옥랑의 높은 절개를 칭송합니다.

'혼사 장애 모티프'란 혼인이 이루어지는 데 따르는 어려움으로
고전문학에 자주 나타납니다. 예컨대 〈채봉감별곡〉에서는 권력에 눈
먼 아버지가 딸을 판서의 첩으로 보내려 하지요. 〈운영전〉에서는 양
반과 궁녀라는 신분의 벽에 의해 사랑이 좌절되고요. 〈옥낭자전〉에
서는 두 남녀의 결혼이 지방 세력가에 의해 좌절된 후 남편이 사형당
할 위기에 처합니다. 그러나 감옥에 있던 남편과 아내가 바뀌고, 그
일이 임금의 사면을 받으면서 행복한 결말을 맞이합니다.

약혼자를 대신하여 죽고자 한 옥랑의 모습은 현실과 동떨어져
보입니다. 얼굴 한 번 보지 못한 남편을 위해 목숨을 건다는 것은 예
의와 명분을 중시한 중세의 이념을 담고 있지요. 그러나 우리는 이를
현재에 비춰볼 필요가 있지 않을까요? 분명 거기에도 소박한 가르침
이 담겼을 테니까요. 남편이 옥에 갇혀 사형을 기다린다는 소식에 옥

랑이 혼잣말하는 부분을 보며 마무리하겠습니다.

박명하다, 이내 팔자여. 낭군의 모습도 보지 못하고 천지가 무너지는 듯한 변을 당하니 이런 기박한 신세가 또 있는가. (…) 차라리 내 몸을 빼어 낭군을 위하여 대신 죽어 황천의 외로운 혼백이 됨을 면하면, 이 또한 여자의 떳떳한 길이라.

포로로 끌려가더라도
결코 그대를 잊지 않겠다오

〈남윤전〉

붕이 야, 너 장모님의 나라라고 들어봤어?

동구 그게 뭔데?

붕이 아, 그걸 모르다니 안타깝구나. 팔등신 미녀가 밭을 맨다는 그 곳, 우즈베키스탄. 우리 나중에 현장 답사나 갈까?

나정 에휴, 너 혼자 가서 국제 미아나 되렴. 영원히 바이바이.

동구 크크크, 할 수 있을 거야. 파이팅.

쌤 붕이가 이젠 국경을 초월한 사랑을 꿈꾸네요. 쌤도 파이팅입니다.

나정 호호호, 쌤, 오셨어요?

붕이 아, 쌤, 놀리지 마세요. 저에게 할 수 있다는 믿음을 주세요.

쌤 아, 물론입니다. 마침 오늘 배울 작품에도 외국 여인과의 사랑이 나오니까요. 그것도 조선 시대에 말이지요.

동구 허, 정말이요? 재밌겠다.

쌤 자, 오늘 볼 작품은 〈남윤전〉입니다. 임진왜란 당시를 배경으로 남윤이란 인물의 파란만장한 삶을 그리지요. 스케일도 큰데다 아주 흥미로운 소설입니다. 볼까요?

조선 선조 때 안변 부사 남두성과 아내 사이에 아들 윤이 태어납니다. 그는 품행이 바르고 학식이 뛰어났지요. 소문은 빠른 법입니다. 윤이 훌륭한 인재라는 소문을 들은 단천 부사 이경희는 직접 찾아와서 남윤을 보고 탄식하지요.

나정 왜 탄식해요?

쌤 궁금하게 생각한 남두성도 이유를 물었지요. 그러자 이경희가 답합니다. 자기한테 딸이 하나 있는데 남윤 같은 군자를 둔 남두성이 부러워서 그랬다고 말입니다. 그런 말을 들으면 아들을 둔 아비 입장에선 무척 기쁘겠지요? 남두성은 허허 웃으면서 그러면 두 집안이 사돈을 맺으면 좋지 않겠느냐며 곧바로 혼사를 결정합니다.

나정 아항! 시집가려면 탄식하면 되는구나. 좋은 거 배웠네. 호호.

붕이 그래, 아버지한테 꼭 말씀드려. 아마도 널 보면서 탄식하실 거야. 크크.

쌤 자, 그런데 남윤 입장에선 난감합니다. 사실은 부모 몰래 마음에 품은 여인이 있어서였죠. 그녀의 이름은 옥경선. 비록 기생이지만, 둘은 백년가약을 맺기로 약속한 상태였습니다. 그러나 조선 시대에 부모의 명령을 거역할 순 없었지요. 윤은 부모가 정한 여인과 혼인한 후, 둘째 부인으로 그녀를 맞이하기로 약속합니다.

동구 음…, 결국 현실적인 선택을 할 수밖에 없었군요.

쌤 그래요. 남윤은 이석랑 소저와 혼인하고자 한양으로 갑니다. 드디어 혼인날이 되었지요. 그런데 희한한 일이 벌어집니다. 갑자기 바람이 불더니 신랑이 쓴 사모(모자)와 신부의 화관(여자의 관)이 벗겨져 공중으로 날아간 것이지요. 화관은 땅에 도로 떨어졌는데 사모는 저 멀리 남쪽으로 날아가버립니다.

붕이 음…, 왠지 불길하다.

쌤 아무튼 그럭저럭 혼례식은 끝났습니다. 첫날밤을 보내고 다음 날 새벽에 일이 벌어지지요. 불길이 솟아오르며 여기저기 비명이 들립니다. 잠을 깨고 보니 왜놈들이 쳐들어왔다며 주위가 온통 아수라장이지요.

아내와 그 가족은 강화도로 피란하려고 급히 짐을 싸는데 남윤은 함경도에 남은 부모가 걱정됩니다. 부모를 찾고자 그는 어쩔 수 없이 아내와 이별하지요. 두 사람은 옷소매를 찢어 혈서를 쓰고 정표로 주고받습니다.

나정 아…, 결혼 첫날부터 생이별이라니 안타깝네요.

쌤 전쟁은 개개인의 운명을 가혹하게 몰아치지요. 윤은 함경도로 향하다가 왜군에게 잡혀 일본에 끌려갑니다. 한편 그의 부모는 아들을 잃은 슬픔에 세상을 뜨지요. 이석랑 소저의 부모 역시 충격으로 생을 마감합니다.

동구 허…. 주인공은 포로가 되고, 양쪽 집안은 줄초상이 나는군요.

쌤 그래도 남윤과의 하룻밤 정분으로 이석랑은 아들 고행을 낳습니다. 남은 자식은 그녀가 슬픔을 이겨낼 유일한 희망이었지요. 양가 부모와 남편을 잃은 석랑은 아들을 키우며 쓸쓸히 살아갑니다.

한편 기생 옥경선도 사랑하던 임을 잃기는 마찬가집니다. 게다가 신임 함경 감사가 수청을 요구해오지요. 이렇게 살 수 없다는 생각에 그녀는 도망칩니다. 여승이 많은 지리산 백운암에 가다가 한 점쟁이를 만나 이야기를 듣는데요, 그대의 낭군은 남쪽 나라에 가 있고, 이십 년 후에 낭군을 만날 테니 목木자가 들어가는 성을 가진 사람을 만나 도움을 받으라고 하네요. 그녀는 유리촌의 유柳 진사 댁에 몸을 맡기고, 그곳에서 지냅니다.

붕이 켁, 이십 년 후라면 까마득하네요.

쌤 그래요. 요즘 이십 년을 기다리라면 과연 몇 명이나 기다릴 수 있을까요? 그동안 남윤의 아들 남고행은 잘 자라서 과거에 급제합니다. 그는 수안 태수를 지내며 홀로 계신 어머니를 정성껏 모시지요.

여기서 한 사건이 벌어집니다. 옥경선이 남고행의 행차를 우연히 보게 된 겁니다. 그런데 희한한 일이네요. 헤어진 남윤과 수안 태수의 모습이 너무나 비슷하게 생겼으니까요.

'태수의 얼굴이 이별한 낭군과 같기도 하다.'

나정 어머나, 사랑하던 임의 아들을 본 건가요? 그에게서 옛 연인의 모습을 떠올렸나 보네요.

쌤 그녀는 남고행이 남윤의 유복자(태어나기 전에 아버지를 여읜 자식)라는 얘기를 듣고 까무러칠 정도로 놀라지요. 그러고선 곧바로 편지를 씁니다. 이렇게 남윤의 부인 이석랑과 옥경선은 감격적으로 만나게 되지요.

동구 동병상련을 느꼈겠네요. 두 여인 모두 사랑하던 남자를 잃었으니까요.

쌤 그래요. 한편 일본에 포로로 끌려간 남윤은 어떻게 되었을까요? 왜왕은 그에게 충성을 강요합니다. 남윤이 거절하자, 그의 인물됨과 재주를 아깝게 여긴 왜왕은 자기 딸인 공주와 결혼할 것을 요구하지요. 이번에도 남윤은 거절합니다. 한번 볼까요?

"나는 본국에 하룻밤 잠자리를 함께한 배필이 있는지라. 비록 너희 나라에 잡혀 왔으나 마음조차 변할쏘냐? 하물며 결혼하는 날 밤에

난亂을 만나 이리 잡혀 왔으니 이는 다 너 때문이라. (…) 너는 이런 말로 내 귀를 더럽히지 말고 빨리 나를 죽이면, 내 혼백이나 고국에 돌아가 부모와 처자를 찾아가리라."

동구 와, 아주 강직하네요.

붕이 근데 포로한테 공주의 남편이 될 것을 요구했다고요?

헐, 제가 대신 가면 안 될까요?

나정 야, 잘 좀 들어. 남윤의 인물됨과 재주를 아깝게 여겼다잖아.

너라면 목숨이나 건졌을까? 호호.

쌤 하하, 아무튼 분노한 왕은 그를 섬에 가두고 음식을 들이지 말

것을 지시합니다. 그러나 그것에 반대하는 이가 있습니다. 바

로 공주였지요. 그녀는 간곡하게 아버지를 설득합니다. 들어

볼까요?

"소녀가 듣사오매 비록 금수禽獸라도 사람이 거두어 먹이거늘, 하물며 사람을 외딴섬에 보내 곡식을 먹이지 말라 하심은 무슨 일이나이까? 그 사람이 구태여 죄가 없거늘 부왕께 무슨 원수 있나이까? 부왕이 끝내 소녀의 말을 듣지 아니하시니, 부왕 앞에서 자결하고자 하옵니다."

딸이 이렇게까지 말하는데 무시할 아버지는 없겠지요. 겨우 목

숨을 건진 남윤은 태자궁에 머물며 하루하루를 보냅니다. 그러나 마음은 무겁습니다. 어느 날 늦은 밤, 고향에 두고 온 가족이 걱정되어 잠 못 이루는데 한 여인이 다가오지요. 공주입니다. 그녀가 윤을 위로하며 서로 마음을 터놓게 되지요. 그녀가 말합니다. 그가 원한다면 일본을 탈출하도록 도와주겠다고요.

나정 공주가 남윤을 정말로 사랑하나 보네요. 그런데 사랑하면 보내지 말아야 하는 거 아닌가?

동구 글쎄…, 사랑하기에 보낸다는 말도 있잖아. 사랑은 소유하는 게 아니라 자유롭게 하는 것 아닐까?

나정 어머, 너 이별을 너무 쉽게 생각하는 거 아니야?

동구 음…, 그런 의미는 아닌데?

붕이 헤어져, 헤어져.

쌤 자, 왜왕은 공주를 시집보내려는데 공주는 남윤이 아니면 죽어도 가지 않겠답니다. 누가 봐도 정말로 죽기를 작정한 모습이에요. 왜왕 입장에선 다른 방법이 없네요. 남윤에게 다시 공주와 혼인하기를 요청하지요. 공주와 결혼하면 고국으로 돌아갈 방법이 생길 거라는 생각에 남윤은 혼인하기로 합니다.

혼인을 앞둔 어느 날이었습니다. 남윤은 꿈에서 옥황상제를 만나 전생에 있었던 일을 듣지요. 이석랑, 옥경선, 공주, 이들 셋은 원래 선녀였는데 남윤을 놓고 다투다 인간 세상으로 추방되었다는 것을요. 특히 이석랑과 옥경선은 공주를 모함했기에 조

선으로 가고, 공주는 일본으로 갔다는 사실도요.

붕이 와, 남윤은 역시 능력자였어. 부럽당.

쌤 그러나 안 좋은 소식도 있습니다. 공주가 먼저 하늘나라로 오르고, 이석랑과 옥경선은 인간 세상에서 더 오랫동안 고생해야 한다네요. 즉, 공주가 가장 일찍 죽는다는 이야기지요.

공주도 같은 꿈을 꿉니다. 이제 어쩌지요? 혼례를 치른 후 그들은 돛단배에 몸을 싣고 조선으로 향합니다. 도중에 자기 수명이 곧 끝나리란 걸 직감한 공주는 바다에 몸을 던지는데요, 신기하게도 구름이 그녀를 감싸 하늘나라로 오르는 일이 펼쳐지지요.

나정 허…, 자신이 죽은 모습을 그에게 보이기 싫었던 걸까요? 안타깝네요.

쌤 홀로 남은 남윤은 노를 저어 겨우겨우 육지에 도착합니다. 중국 남경南京이지요. 오랜 항해로 백발이 된 그는 귀신으로 오해받고 관아에 끌려가 심문을 받습니다. 그리고 지금까지의 기구한 사연이 황제에게까지 알려지지요. 황제의 배려로 그는 중국을 방문한 조선 사신과 함께 고국으로 돌아가게 됩니다. 전쟁 때 왜나라에 끌려갔다 수십 년 만에 다시 찾은 고국 땅이었지요. 눈물이 앞을 가립니다.

임금은 남윤을 극진히 대접하고 벼슬을 내립니다. 황해도 관찰사로 임명된 그는 아들과의 만남을 눈앞에 두었죠.

한편 아들 남고행은 의아합니다. 분명 어머니로부터 아버지는 젊은 나이에 세상을 떴다고 들었는데 이번에 관찰사로 부임한 이가 자기 아버지라니요. 혹시나 동명이인이라 세상의 웃음거리가 될까 봐 걱정하는 그에게 어머니는 뭔가를 하나 내밉니다.

붕이 헤어질 때 나눈 혈서겠지요!

쌤 그래요. 아들이 내민 혈서를 본 남윤은 그를 껴안습니다. 이산가족 상봉이 이루어지는 순간이지요. 그리고 아내 이석랑과 옥경선도 만납니다. 이십 년이란 시간이 지나도 옛정은 오롯하게 남아 있네요. 가족과 함께 여생을 행복하게 보내는 걸로 작품은 마무리됩니다.

나정 아…, 다행이네요. 오랜 포로 생활이 보상받은 셈이네요.

붕이 근데 고국의 가족을 위해 일본에서 목숨 걸고 빠져나오다니…. 왕의 사위로 사는 것도 나쁘지 않은데 말이야.

동구 글쎄…, 진정한 사랑은 세월의 흔적에도 녹슬지 않는 법이지.

붕이 오.

쌤 동구가 잘 말했군요. 사랑은 쉽게 변한다지요. 그 이면에 깔린 욕망은 이리저리 흔들리는 부평초와 같으니까요. 그러나 진정한 사랑은 흙을 움켜잡은 단단한 뿌리 같지 않을까요? 계절이 바뀌어도, 비바람이 몰아쳐도 쓰러지지 않는 나무의 뿌리처럼요. 어쩌면 이것이야말로 남윤이 긴 세월과 무수한 어려움을 버텨낸 원동력이 되었을 겁니다. 다음 시간부터는 '미움'을 주제로 합니다. 다음 시간에 만나지요.

나정 감사합니다.

쌤의 한마디 ⭐

우리들의 사랑을 위하여서는
이별이, 이별이 있어야 하네.

높았다, 낮았다, 출렁이는 물살과
물살 몰아갔다 오는 바람만이 있어야 하네.

서정주의 시 〈견우의 노래〉 첫 구절입니다. 견우와 직녀의 사랑은 이별이 있기에 존재할 수 있지요. 역설적이지만 오히려 진실에 가깝습니다. 어쩌면 진정한 사랑은 시공간을 넘어서기에 더욱 위대한 것 아닐는지요.

〈남윤전〉,
나를 사랑하는 여자, 그리고 내가 잊을 수 없는 여자

이 작품은 임진왜란이라는 역사적 사실을 바탕으로 쓴 작자·연대 미상의 소설입니다. 주인공 남윤이 전쟁으로 가족과 헤어져 고통을 겪다가 다시 가족을 만나 행복한 삶을 누린다는 내용이지요.

이 소설의 구성은 꽤 독특합니다. 일본에 포로로 끌려간 후, 그 나라 공주와 결혼하고, 그녀의 도움을 받아 고국으로 되돌아오는 내용은 기존 소설에서 볼 수 없는 참신함이 있습니다. 혼인 첫날에 전쟁 때문에 부부가 헤어지게 된다는 내용도 흥미롭지요. 세 여성 모두 전생에 남윤을 두고 다툰 선녀라는 점도 독특합니다.

공주와 더불어 하늘의 인연이 있기로 마지못하여 부부가 되었습니다. 공주가 나를 이렇듯이 돌보아 생각하시니 감격하거니와 본국에 있는 배필이야 어찌 일시나 잊으리오? (…) 공주가 별세하시면 만리타국에서 외로운 나는 누구를 의지하여 살리오? 차라리 나도 공주와 같이 죽사와 천생으로 주인 없는 외로운 혼이나마 본국에 돌아감만 같지 못하도다.

공주가 자신이 죽으면 어떻게 할 거냐고 묻자 남윤이 대답하는 부분입니다. 그는 타국으로 끌려와 부마가 되었지만, 고향에 있는 아내를 잊지 못하지요. 그래서 따라 죽은 후 외로운 혼이나마 본국에 돌아가려고 생각합니다.

첩이 이제 죽으면 군자는 넓고 넓은 푸른 바다에 돌아갈 길이 아득할 것이니, 평생의 계교를 발하여 군자가 무사히 돌아가게 하리이다.

공주 역시 남윤에 대한 사랑과 걱정을 표합니다. 그러면서 어떻게든 남윤을 고향으로 돌려보내겠다고 말하지요. 한 남자를 진심으로 사랑하는 여자, 그러나 옛 여자를 결코 잊지 못하는 남자의 모습이 애처롭습니다.

미움

그녀가 나를 미워해.

무서워서 심장이 터질 것 같아.

어떡해?

타인은 지옥이란 말 아니?
정말 그래, 흑

〈숙창궁입궐일기〉

나정 너 표정이 되게 어둡다. 무슨 일 있어?

동구 으음, 저번 주말에 형이 휴가 나왔거든. 지금 강원도에서 군 복무하는데 힘든가 봐. 입대한 지 넉 달쯤 됐는데 영혼이 증발할 것 같다나…. 훈련 때문에 얼굴도 새카맣게 탔더라고.

나정 아…, 그렇구나.

동구 게다가 형 전공이 컴퓨터인데 여기저기서 불러대서 일과 후에도 쉴 시간이 없대. 그런 모습 보니 안쓰럽더라고.

붕이 으음, 컴퓨터를 전공하면 안 되겠구나. 헤헤.

나정 어휴, 넌 한다는 소리가 그것밖에 안 되지?

쌤 입대 넉 달째면 쉽지 않겠네요. 여러분이 처음으로 아르바이트

하거나 회사에 들어갔다고 생각해봐요. 낯선 환경, 밀려드는 업무, 부족한 지식 때문에 모든 게 만만치 않을 겁니다. 상처받는 일도 있을 거고요. 원래 어떤 조직에 들어가 한창 적응할 때는 하루하루가 힘겨운 법이지요. 여기서 문제. 나를 가장 힘들게 하는 건 과연 뭘까요?

붕이 음…, 돈이요. 특히 월급이 밀렸을 때요. "사장님! 나빠요."

나정 나를 무시하는 듯한 말들이요. 이런 건 평생 가도 지워지지 않아요.

붕이 오, 너 경험이 있나 보다?

나정 너한테도 마구 들려줄까? 응?

동구 아무래도 과중한 업무 아닐까요? 아버지도 일 때문에 매일 야근하셔서 못 보는 날이 많거든요.

쌤 다들 좋습니다. 그러나 쌤 생각에 사람을 가장 힘들게 하는 건 바로 사람입니다. "타인은 지옥이다."라고 철학자 사르트르가 말했지요. 나와 맞지 않는 사람, 나를 미워하고 증오하는 사람. 그런 사람이 나의 직속상관으로 있을 때는 정말 암울하죠. 게다가 내 마음대로 그만둘 수 없다면 더더욱 그렇고요.

오늘 배울 작품은 〈숙창궁입궐일기〉입니다. '숙창궁'은 조선 정조 임금의 후궁이에요. '입궐'은 궁에 들어가는 것이고요. 한 여인이 임금의 후궁으로 들어가는 과정을 일기처럼 기록으로 남긴 것이랍니다. 그런데 보면 정말 소름 돋을 정도예요. 같이 볼까요?

붕이 흠, 과연 어떨지?

쌤 아, 그전에 하나만 살펴보고 가지요. 붕이는 혹시 왕후와 후궁, 그리고 궁녀의 차이를 아나요?

붕이 음…, 전부 궁에 사는 여자들 아닌가요? 비슷한 말 같은데 갑자기 헷갈리넹.

동구 제가 알아요. 왕후는 왕의 정실부인인 왕비이고, 후궁은 둘째 부인이요. 다시 말해 첩이랑 비슷한 개념이지요. 그리고 궁녀는 궁에서 일하는 여성들이요. 요리나 청소 등등.

나정 맞아. 그래서 왕후는 한 명이지만 후궁은 여럿이지. 또 왕후가 아들을 낳지 못할 경우에는 후궁의 아들이 왕위를 이어받기도 하잖아. 어쩌면 이것이 후궁이 바라는 꿈같은 상황이겠지만.

쌤 잘 아는군요. 조금 덧붙이자면 궁녀가 임금의 총애를 입고 아들을 낳아 후궁으로 오르는 경우도 있었어요. 숙종 때의 장희빈이 대표적이지요.

자, 때는 1778년(정조 2년)입니다. 창덕궁 앞마당에 한 소녀가 서 있네요. 숙창궁이라는 궁호(宮號, 조선 왕실에서 여성에게 붙였던 칭호)를 받은 원빈 홍씨. 당시 열세 살이었습니다.

소녀의 복장은 화려합니다. 붉은 비단 치마에 웃옷을 겹겹이 껴입고 칠보 팔찌까지 찼네요. 머리를 예쁘게 올린 그녀는 누군가를 만나길 애타게 기다립니다. 그러나 그녀 앞에 있는 방문은 굳게 닫혀있지요. 때는 삼복더위로 푹푹 찌는 칠월의 여름 날이에요. 온 땅은 열기로 이글거리고 소녀는 땀으로 흠뻑 젖었어요. 그녀의 마음 역시 타들어 갔을 겁니다.

동구 흠…, 무슨 일이기에 저럴까요?

쌤 이날은 그녀의 혼인날이었습니다. 정조 임금의 후궁으로 들어가는 날이었지요. 임금과 혼례를 마치고 소녀에겐 할 일이 있습니다. 먼저 임금의 정실부인인 효의왕후에게 인사드려야 하지요. 궁궐의 안주인에게 말이에요.

그러나 효의왕후는 그녀를 만나주지 않습니다. 여러 신하가 후궁 원빈이 밖에서 기다린다고 해도 왕후는 요지부동입니다. 잠시 상황을 보지요.

한 신하가 왕후에게 고하기를, "후궁 원빈이 기다리나이다." 하였지만 왕후는 창문을 굳게 닫고 말씀하시길 "국모(나라의 어머니, 여기서는 본인)도 본디 양반의 자식인데 어찌 댁에게 존대를 받겠는가. 또 내가 서기(暑氣, 더위를 먹음) 있어 출입치 못하니 물러서라." 하시고는 신하를 물리치시더라. 후궁이 더운 데 섰으되 어쩔 수 없는지라.

나정 어머…, 같은 양반끼리 절 받기 민망하니까 안 받겠다면서 내다보지도 않나요? 이거 길들이기 하는 거 아니야?

붕이 게다가 밖에서는 땀 뻘뻘 흘리면서 기다리는데 본인은 더위 먹어서 나오질 못한다니. 와, 무섭당.

동구 그런데 저러는 이유가 뭐예요? 왕후가 후궁에게 질투심을 느껴서 그러나요?

쌤 물론 그런 것도 없진 않겠지요. 그러나 그 배경을 좀 더 살펴볼 필요가 있습니다.

원빈 홍씨는 일개 후궁이 아닙니다. 당시 최고의 권력자인 홍국영의 여동생이었지요. 홍국영은 과거에 급제한 후 어린 정조를 옆에서 보좌하며 그를 임금으로 만든 일등 공신입니다. 정조가 얼마나 그를 총애했는지, 거병범궐(군사를 일으켜 대궐을 침범함)만 아니면 그 어떤 죄라도 관대하게 처리하겠다고 약속할 정도였어요. 정조가 임금으로 오르면서 홍국영은 권력의 정점에 오릅니다. 도승지, 요즘으로 치면 대통령 비서실장에 왕궁 호위를 전담하는 숙위소 대장까지 맡게 되지요.

그런 홍국영에게도 욕심이 있었을 겁니다. 임금과의 결혼을 통해 자기 가문의 권력을 이어나가려는 욕심 말이에요. 당시에 효의왕후에게는 아들이 없었습니다. 이런 때에 자기 여동생이 후궁으로 들어가 아들을 낳기만 한다면 다음 왕은 자기 조카가 될 수도 있는 상황이지요.

동구 아, 그렇군요.

쌤 원빈 홍씨가 후궁으로 들어가는 과정은 파격적이었는데요, 원빈元嬪이란 관직 이름에서 '으뜸 원元'은 원래 왕후 쪽에만 붙일 수 있습니다. 왕후가 낳은 첫째 아들을 보통 원자元子라고 하거든요. 후궁이 원元 자를 쓸 수 있던 건 홍국영의 권력 때문이었겠지요. 게다가 빈嬪은 정일품에 해당합니다. 후궁이 궁에 들어와 곧바로 빈에 임명된 경우는 조선 역사상 원빈이 처음이었지요. 당연히 왕후에겐 이 모든 것이 못마땅했을 겁니다.

붕이 으음…, 그렇군요. 일종의 권력 다툼 같네요.

쌤 정확한 지적입니다. 그리고 그 게임 속에는 어린 원빈 홍씨가 있었지요. 날이 저물도록 왕후는 후궁을 만나주지 않습니다. 이를 어쩌나요? 연이어서 임금의 어머니인 혜경궁 홍씨나 할머니인 왕대비께도 인사드려야 하는데 말이에요. 왕후를 건너뛰고 다음 분들께 인사를 드리자니 그건 또 안 된답니다. 난감한 상황이지요. 왕후의 인사 거부가 무려 이레 동안 계속되었어요. 그렇게 매일같이 인사드릴 날만 기다리다가 겨우 왕후를 뵙게 됩니다. 원빈의 마음은 어땠을까요?

동구 요즘으로 치면 초등학교 6학년짜리 애인데 심적으로 부담이 컸겠네요.

쌤 그래요. 궁으로부터 연락을 받은 원빈은 단정히 꾸민 채 얼른 나서지요. 마침 왕후 곁에는 임금도 함께 있습니다. 원빈은 공손히 절하고 몸을 세웁니다. 그러자 정조가 한마디 하지요.

임금이 가라사대, "후궁은 복지하라(엎드리라). 왕후는 임금과 동격이라. 뵈올 적이면 감히 바라보지 못하나니라."

붕이 와, 임금님 말이 무섭당. "눈 깔아라."

동구 정조가 후궁보다는 왕후 편을 드는 것 같네요. 이유가 있나요?

쌤 왕후는 임금의 정실부인이고 나라의 어머니입니다. 왕후의 위엄은 곧 임금의 위엄이지요. 게다가 아들 없는 그녀의 체면도 고려해줄 필요가 있었겠지요.

동구 그렇군요.

쌤 임금은 계속 말합니다.

"내 홍국영의 누이를 무시함이 아니라 우리 국법이 삼백여 년 후 존비유별한 고로(귀하고 천함의 구별이 있는 고로)…."

그러면서 자신의 어머니와 아내에 대해 이야기하지요. 이제는 팔월의 찌는 듯한 여름이에요. 잔뜩 차려입은 원빈은 고개를 푹 숙이고 이글거리는 바닥에 엎드려있습니다. 임금의 말이 점점 길어지자 보다 못한 한 신하가 아뢰지요.

"날이 심히 더운지라, 어린 후궁이 서기 있을까 싶으니 당堂에 올리사이다."

그러자 임금은 뭐라고 할까요?

"못 하나이다."

나정 와, 그늘 쪽에라도 올라와 있는 건 안 된다는 건가요? 대박.

쌤 임금의 말이 끝이 아니에요. 이번엔 옆에 앉은 왕후가 말합니다. 높이 올라앉은 그녀는 바닥에 바짝 엎드린 원빈을 내려다보았지요. 그녀는 미소 지으며 속으로 생각했을지 모릅니다. '흥, 네년이 홍국영의 동생이란 말이지? 감히 어디 후궁 따위가 말이야. 기다려라. 내 곧 밟아주마.'라고요. 그녀가 뭐라고 말하는지 들어볼까요?

왕비 비로소 가라사대, "후궁이 들어온 지 여러 날이 되었으되 보지 못함은 본디 서기 중하여 심기 편치 못한 고로, 궁에 온 지 사오일 동안 보지 못하였구나. 경의 오라비는 국가의 유명한 신하이라."

일단 자신이 며칠 동안 인사를 받지 않은 이유를 대지요. 그러면서 끝에 슬쩍 한마디 던집니다.

"전하의 나이가 벌써 삼십이시나 한낱 혈육을 두지 못하였으니 내가 국모의 소임을 제대로 못 하였구나. 빈을 택하여 국가 종사를 전하

고저 함이나 빈의 나이 열셋에 임금 섬기기 어렵지 않을까 하노라.”

동구 열세 살짜리 계집애가 어떻게 임금을 모시고 애를 낳겠느냐는 의미군요. 말에 **뼈**가 담겨있네요.

쌤 그래요. 언중유골이란 말도 있지요. 왕후의 말이 끝나자 이제 원빈은 일어서서 두 손 모아 인사합니다.

“입궁한 지 며칠째 뵙지 못하여서 신첩의 몸이 죽어 묻힐 곳이 없삽더니 (⋯) 오늘 아침 왕후께서 말씀을 내리시니 이 몸이 죽어 구천(九泉, 저승)에 가도 한이 없습니다.”

나정 휴, 진심일까요? 아무튼 답답하겠네요.

붕이 앞으로 고생길이 훤하네요. 에궁.

쌤 정말 그래서일까요? 그녀는 이듬해인 1779년 갑작스럽게 죽습니다. 궁에 들어온 지 일 년도 채 못 되었지요.

나정 어머나, 어떡해.

동구 쯧쯧.

쌤 그녀가 죽은 데에는 여러 소문이 있었습니다. 특히 오빠인 홍국영은 길길이 날뛰며 효의왕후가 동생을 독살했다고 믿었지요. 그래서 왕후의 궁녀들을 멋대로 끌고 가 문초합니다. 심지어는 그가 식사에 비상(독약)을 타서 왕비 독살을 시도했다는 이야기도 전해지지요.

일이 이렇게까지 된 이상 임금으로서도 두고 볼 수만은 없었지요. 홍국영은 결국 자리에서 물러나게 됩니다. 그리고 궁을 떠난 지 삼 년 만에 강릉에서 쓸쓸하게 생을 마감하지요. 그의 나이 서른세 살. 당대 최고의 권력자가 비참한 최후를 맞는 순간입니다.

나정 그렇군요. 홍국영과 왕후 사이에 낀 원빈도 불쌍하네요. 그런데 왜 열세 살밖에 안 된 동생을 후궁으로 보냈을까? 세상 경험도 있고, 나이도 좀 더 있는 사촌 여동생이라도 보내지.

붕이 너라면 사촌을 보내겠니, 네 동생을 보내겠니? 권력을 얻고 싶다면 말이야.

나정 으음…, 그런가. 근데 넌 그런 면에서 머리가 잘 돌아가는구나. 아무렇지도 않게 말하는 걸 보니 무섭다. 헐.

쌤 증오에 대해 생각해봅니다. 증오는 불행을 초래합니다. 원빈의 궁중 생활은 쉽지 않았겠지요. 효의왕후를 비롯한 윗사람들로부터 받는 견제나 질시를 어린 나이에 견디기 힘들었을 겁니다. 아마 원빈이 궁에서 모든 이들로부터 따뜻한 사랑을 받았다면 일 년도 못 돼 죽었을까요? 역사에 가정은 없지만 한 번쯤은 생각하게 됩니다.

증오는 종종 파멸을 부릅니다. 어린 동생의 죽음으로 왕후에 대한 증오를 품은 홍국영을 보면 알 수 있지요. 증오는 결국 증오를 품은 본인, 증오의 대상인 상대를 모두 비참하게 하는 것 같습니다. 오늘은 이것으로 마칩니다.

동구 감사합니다.

 쌤의 한마디

증오는 상대에 대한 공격적인 충동이자, 파괴의 원천입니다. 상대의 고통이 나의 기쁨으로 바뀌는 건 증오하는 마음 때문이지요. 그러나 이 감정은 깨지기 쉬운 유리컵과 같습니다. 날카로운 단면에 스스로 피 흘리고 상처 입는 모습을 종종 봅니다. 증오 역시 칠정의 하나이기에 마음속에서 없앨 수는 없겠지요. 대신 우리는 이 감정을 현명하게 다스리는 법을 배워야 하지 않을까요? 자신을 지키기 위해서라도 말이지요.

〈숙창궁입궐일기〉,
애기능 캠퍼스의 유래는?

이 작품은 작자·연대 미상의 고전소설입니다. 글의 내용으로 미루어 풍산 홍씨 가문, 특히 홍국영 일가의 인물이 지은 것으로 추측하지요.

원빈 홍씨(1766~1779)는 조선 정조의 첫 번째 후궁이자 당대의 세력가 홍국영의 여동생입니다. 이 작품은 그녀가 후궁으로 입궐하는 과정을 그린 역사소설이자 사실을 바탕으로 한 기록문학 성격을 지니지요. 원빈의 입궐 과정을 둘러싼 인물 간의 심리와 갈등뿐만 아니라 궁중의 법도와 풍속을 알 수 있기에 귀한 자료입니다.

원빈 홍씨는 궁에 들어온 지 일 년도 못 돼 세상을 뜹니다. 정조도 그녀의 죽음을 슬퍼했던 걸까요? 그는 손수 〈어제인숙원빈행장(御製仁淑元嬪行狀)〉을 짓습니다. 국왕이 후궁의 행장(장례문)을 직접 쓴 건 역사상 유례없는 일이지요. 또한, 그녀는 사후에 시호(죽은 뒤에 공덕을 칭송하여 붙인 이름)와 원호를 받는 등 이례적인 대접을 받습니다. 여기에는 물론 오빠 홍국영의 권세가 영향을 미쳤겠지요.

그러나 죽은 뒤에 훌륭한 칭호를 받는다고 한들 의미가 있을까요? 더욱 중요한 건 살아생전의 모습이겠지요. 떠들썩한 대접을 받고 세상을 떠난 그녀와 달리, 몰락한 세력가 홍국영은 객지에서 초라하게 생을 마감합니다. 정승집 개 죽은 데는 문상을 가도 정승 죽은 데는 문상을 안 가는 세상인심을 엿볼 수 있는 대목이지요.

참고로 서울 안암동에 있는 고려대학교 자연계 캠퍼스를 애기능 캠퍼스라고 부르는데요, 이곳에 원빈의 무덤이 있었기 때문이지요. 참고로 지금은 고양시 원당에 있는 후궁 묘역으로 이장된 상태랍니다.

아! 어머니!
왜 이렇게 저를 미워하시나요?

〈연당전〉

붕이 아, 큰일이야.

동구 왜? 무슨 일 있어?

붕이 요즘 자꾸 악몽을 꾸네. 꿈에 귀신이 나타난다니까.

동구 귀신? 진짜?

붕이 어, 그래서 잠을 못 자겠어.

나정 그래? 네가 잠을 깨는 걸 보니 귀신이 별로 예쁘진 않나 보지?

붕이 야, 농담할 분위기가 아니라니까. 쌤, 이럴 땐 어떻게 해야 해요? 부적이라도 붙이고 자야 하나.

쌤 글쎄요. 요즘에 뭐 특별한 일 있었나요? 평소와는 다른 일 말이에요.

붕이 생각해보니 얼마 전에 누나랑 대판 싸웠어요. 그러고 보니 누나가 뭔가 술수를 쓴 게 아닐까? 저주 같은 거 말이야.

나정 야, 무슨 말도 안 되는 소리야. 근데 왜 싸웠는데?

붕이 음…, 아름다운 밤이었지. 야식으로 난 치킨을, 누나는 피자를 주장했어. 한참을 옥신각신하다가 결국 둘 다 시켰네. 근데 피자 한 판을 먼저 해치운 누나가 내 통닭에 손대기에 그만….

동구 그만?

붕이 "아쵸!" 하면서 누나의 손을 닭 다리로 탁 쳤지.

동구 헐.

나정 아하하하, 누나가 저주를 건 게 맞나 보다. 큭큭.

붕이 정말 그런 거 같지? 어쩐지 요즘 날 바라보는 눈빛이 심상치 않더라.

쌤 하하하, 재미있네요. 그래도 누나한테 그러면 안 되죠. 붕이가 잘못했어요.

붕이 아, 그래도 지킬 건 지켜야지요. 제가 통닭을 얼마나 좋아하는데요. 동생을 챙겨주진 못할지언정 뺏어 먹으려고 들다니 원…. 가끔 보면 가족이 아니라 원수 같다니까요.

쌤 통닭 한 조각 먹으려다가 순식간에 원수가 되는군요. 쌤은 붕이가 더 무섭네요.

　　오늘 함께 할 작품은 〈연당전〉입니다. 여기에는 연당을 극도로 미워하는 사람이 나오지요. 바로 그녀의 계모예요. 한집에 살지만 얼마나 미워하는지 여러분도 보면 놀랄 겁니다. 볼까요?

동구 넵.

쌤 명나라 시절 황 판서와 부인 김씨에게는 연당이라는 딸이 있었지요. 느지막이 낳은 자식이기에 부부는 아주 기뻤습니다. 그러나 김씨 부인이 병으로 죽고 양씨가 계모로 들어오지요. 양씨는 아들을 낳아요. 그러나 황 판서가 연당을 지극히 아끼는 모습을 보니 왠지 자신과 아들이 찬밥 신세라는 느낌이 들었겠지요. 질투는 무서운 감정입니다. 그래서 그녀는 연당을 쫓아내기로 합니다.

동구 음…, 계모가 전처의 딸을 모함하는군요. 〈장화홍련전〉이 떠오르네요.

쌤 〈장화홍련전〉이나 〈콩쥐팥쥐전〉처럼 계모가 의붓자식을 학대하는 소설이 많지요. 그래서일까요? 계모라는 말 자체가 상당히 부정적인 단어로 느껴집니다. 특히 재혼이 훨씬 자유로운 현대에도 종종 뉴스거리가 되곤 하지요. 사실 아동 학대만 해도 친부모에 의한 것이 대다수인데 말이에요.

나정 맞아요. 계모라고 꼭 나쁜 건 아니잖아요. 내가 배 아파 낳은 자식은 아니어도 정성스럽게 아이를 키우는 엄마들이 얼마나 많은데요.

쌤 좋은 생각입니다. 문학에서 관습적으로 쓰이더라도 우리는 좀 더 냉철하게 생각해볼 필요가 있지요. 현실을 올바로 바라보는 객관적인 시각을 가져야 합니다. 그런데 〈연당전〉에 나오는 계모 양씨는 정말 악인이에요. 계속 볼게요.

계모는 연당을 쫓아내려 합니다. 여기서 질문 하나 나갑니다. 조선 시대 여인에게 가장 중시되었던 건 무엇일까요?

동구 정절 아닌가요? 〈강도몽유록〉 할 때 배웠던 기억이 나요.

쌤 그래요. 중세 유교 이념이 지배하던 사회에서 여성의 정절은 목숨보다 중시되었습니다. 그 말은 정절을 훼손당하면 한순간에 무너질 수 있다는 의미였지요. 계모는 이 점을 노립니다. 먹으면 임신한 것처럼 배가 나오는 약을 만들어 연당에게 먹이지요.

붕이 어라, 그런 약도 있나요? 무슨 약인데요?

쌤 작품에서는 점쟁이가 양씨에게 약 만드는 방법을 가르쳐주는데요, 돌메밀과 여주 열매를 섞어 먹으면 고운 얼굴에 기미가 끼고 가는 허리가 애 밴 듯이 변한다고 하지요.

동구 너 뭐하니? 설마 필기하는 거야?

붕이 그래. 다이어트의 적. 먹으면 안 되는 음식. 기억해놔야지.

나정 내가 볼 땐 밤에 먹는 통닭이 더 치명적일 거 같은데? 크크.

쌤 하하, 계모의 강요로 어쩔 수 없이 약을 먹은 연당은 얼굴빛이 안 좋아지고 배도 불러옵니다. 마침 경성에 다녀온 황 판서에게 양씨는 연당을 모함하지요.

"대감께오서 세상에 없는 딸로 사랑하시더니 이제 와서는 행실을 보니 재상가의 딸로 저렇듯 흉악불측한 일이 어디 있사오리까. (…)
대감께서 계모가 모해한다 하실 듯하여 아무 말도 못 하고 이 일을
밝히지 못하였으니 어서 불러 보소서."

황급히 딸을 부른 판서는 배가 부른 그녀 모습을 보고 놀라움
을 금치 못합니다. 시집도 가지 않은 처녀가 몸을 더럽히고 가
문을 욕보이는 건 용납할 수 없는 일이었지요. 그는 하인들에
게 딸을 죽이라고 합니다. 연당은 눈물만 줄줄 흘리지요.

나정 와, 정말 나빴다. 아빠라는 사람에겐 가문이 딸보다 우선인가
요? 그리고 딸한테 자초지종을 물어봐야 하는 거 아닌가요?

붕이 얘 또 그런다. 흥분하지 마.

쌤 그래요. 아버지의 행동 역시 비판받아 마땅하지요. 여성에게
목숨보다 정절을 요구했던 당시 사회의 모습도 비판적으로 볼
필요가 있고요.
그 상황에서 연당의 곁으로 달려든 사람이 있습니다. 바로 이
복동생 황생이지요. 누님을 죽이려거든 자신을 먼저 죽이라며
누이를 꼭 붙드네요. 주위의 모든 이도 그 모습에 숙연해집니
다. 계모 양씨도 자기 아들이 저러니까 조금 애처롭네요. 그래
서 말하지요.

"연당의 죄는 만사무석(만 번 죽어도 아까울 것이 없음)이오나 차마 죽

이면 인간의 정으로 못 보겠사오니 목을 베지 마옵시고 두 손목을
베옵소서. 빌어도 못 먹게 하여 스스로 죽게 하옵소서.”

동구 아…, 끔찍하네. 두 손목을 베라니요. 어떻게 저럴 수가 있지?

쌤 그 말에 연당의 손목은 베어집니다. 그때 하늘에서 난데없이 빗
방울이 떨어져 모든 사람이 괴이하게 여기지요. 며칠 후 그녀는
집에서 쫓겨납니다.

장애가 있는 몸으로 여자 혼자 세상에 던져진 것. 어쩌면 그것
은 죽음보다도 비참하고 가혹한 형벌입니다. 어떤 몹쓸 짓을
당할지 모르니까요.

나정 아, 막막하겠다.

쌤 죽으려고도 했지만 모진 목숨 끊지 못하지요. 여기저기 떠돌다
가 조그마한 산에 올라보니 나무에 배가 달렸네요. 너무나 허
기져서 먹고 싶지만 두손이 없어 따 먹질 못합니다. 마침 저쪽
에 아래로 늘어진 가지가 보이네요. 그 밑으로 가서 입으로 배
를 긁어먹습니다.

그런데 그 모습을 지켜보던 이가 있었습니다. 김허진이라는 자
로 근처에 초당을 짓고 공부하는 중이었죠. 밤늦게 배나무 밑
에 웬 사람이 얼쩡거리는 걸 본 그가 외칩니다.

“어떤 놈이 배를 훔쳐 가느냐!”

뛰쳐나와 보니 어떤 처녀가 배를 긁어먹다가 놀라서 어쩔 줄 몰라 하네요. 허진은 말합니다. 훨씬 부드러운 말투로요.

"어떠한 소저인데 이 밤중에 외로이 와서 섰는가?"

붕이 큭큭. 아, 쌤, 슬픈 상황인데 너무 웃겨요.

쌤 여인을 보니 의복은 초라해도 외모는 아름답네요. 비록 두 손은 없지만요. 허진은 그녀를 집으로 데려와 사정을 묻습니다. 한참을 울던 연당은 지금까지 겪은 이야기를 하지요.

어머니와 단둘이 살던 허진은 이 일을 모친에게 이야기합니다. 안타까움을 금치 못하던 모친은 연당을 보고 귀한 상이라며 며느리로 삼고 싶다고 말하지요. 허진 역시 어머니의 말에 동의합니다. 그렇게 연당은 목숨을 구하고 그 집안으로 들어가게 되었지요.

동구 다행이네요.

쌤 그녀는 지극정성으로 남편과 시어머니를 모시지요. 사람들도 연당을 칭찬합니다. 성품이 착하면 하늘이 돕는 걸까요? 그녀는 아이를 갖습니다. 남편이 과거를 보러 떠난 동안 아들을 낳지요. 남편은 과거에 급제하고 곧바로 궁에 들어가 집에 올 수 없었습니다. 이 기쁜 사실을 알려야 하는데 말이에요.

붕이 편지라도 보내야 하지 않나요?

쌤 그래요. 어머니가 아들에게 편지를 보냅니다. "네 아내가 아들을 낳았으니 얼른 집으로 오라."라고 말이에요. 그러나 문제가 발생합니다. 하인이 편지를 가지고 가다가 날이 저물어 한 집에 머물게 되는데요, 마침 그 집이 황 판서의 집이었던 것이죠.

동구 허걱.

쌤 집에 있던 계모 양씨가 눈치 하난 빠릅니다. 하인에게 술을 대접해 취하게 하고는 편지의 내용을 고쳐 쓰지요. 뭐라고 썼나 봅시다.

네가 과거를 보러 간 후로 너의 아내가 내게 불효한 데다 감히 말할 수도 없는 못된 행실을 계속하는구나. 게다가 자식이라고는 눈도 코도 없는 걸 낳았으니 이런 흉악불측한 일이 어디 있으랴. 남부끄러워 살지 못하겠구나.

나정 와, 집에서 쫓아낸 거로도 모자라 이젠 훼방을 놓네요.

붕이 이건 훼방이 아니라 극악무도한 날조 수준인데?

쌤 한편 어머니의 편지를 받은 허진은 놀라움을 금할 수 없습니다. 평소 아내를 믿었건만 이게 웬 날벼락 같은 일인가요. 그는 곧바로 답장을 씁니다. 모든 게 불효자인 제 탓이며, 임금의 총애를 받아 지금까지 집에 가지 못한 것이 너무나 죄송스럽다고요. 아내 연당의 죄는 씻을 수 없으니 그녀를 부엌에 내쳐 두고

자신이 갈 때까지 기다려달라고 말합니다.

하인은 답장을 받아 오는 길에 또다시 쉬어가고자 황 판서의 집에 들릅니다. 양씨는 하인에게 술을 잔뜩 먹이고 편지를 고치지요. 볼까요?

불효자 허진이 머리 숙여 절합니다. (…) 임금께서 극진히 사랑하시어 잠시도 떠나지 못하게 하시므로 내려가 뵙지 못하옵니다. 다만 일가친척이 연당을 아내로 삼으면 집안이 망한다 하여 다른 가문에

서 아내를 구해 살고 있으니, 제가 내려가기 전에 그녀를 어서 바삐
쫓아내버리소서.

동구 악랄하네요. 집에서 손목을 자르고 쫓아낸 것도 모자라 이젠
시댁에서까지 쫓아내려고 하다니 참 뻔뻔하다.

나정 그러게. 게다가 다른 여자랑 산다는 거짓말까지 지어냈잖아.

쌤 그래요. 편지를 받아본 어머니는 어떤 마음이 들까요? 자식까
지 낳은 며느리를 아들 말처럼 내보내야 하는 걸까요? 어머니

는 말합니다.

"조강지처는 불하당不下堂이거늘 사람이 하지 못할 일을 어찌 행하리오."

붕이 불하당이 무슨 뜻이에요?

쌤 불하당은 마루 아래로 내려가게 하지 않는다는 말인데요, 집 밖으로 내쫓거나 내보내지 않는다는 의미지요.

붕이 아하, 그렇군요. 그래도 어머니가 개념이 충만하시네요.

쌤 어머니는 "나는 차마 내쫓지 못하겠다."라고 다시 편지를 보냅니다. 그러나 하인은 또다시 황 판서의 집에 머물고 편지는 양씨에 의해 바뀝니다. "네가 어서 빨리 내려와 쫓아내라."로요. 그리고 돌아오는 허진의 편지도 연당을 내보내라는 내용으로 바뀌지요.

나정 아니, 근데 하인은 왜 저 집에만 계속 들르나요?

쌤 이유가 있습니다. 양씨가 그에게 술과 음식을 푸짐하게 대접하며 오갈 때마다 들르라고 했거든요. 물론 편지를 바꿔치기 위해서였죠. 그 사실을 모르는 하인은 이렇게 중얼거립니다.

"세상에 별일도 많다. 나는 인중지말(人中之末, 못난 사람)일 뿐인데 왕래 간에 이렇게 대접해주심을 어찌 갚사오릿가."

붕이 참내, 하인이 바보구먼, 하인이 바보야.

쌤 아무튼 아들의 편지에 어머니는 눈물만 펑펑 흘리고, 그 모습을 본 연당은 상황이 돌아가는 걸 짐작합니다. 이 모든 게 다 자기 탓이라며 슬퍼하지요. 그녀는 떠나기로 합니다. 손목도 없는 여인이 갓난아기를 업고 이곳저곳 방황하지요.

날이 저물고 목이 마릅니다. 한 여승에게 물어 겨우겨우 연못을 찾아 허리를 굽혀 물을 마시려 합니다. 그런데 아! 업은 아이가 등에서 떨어져 연못에 빠지려 하네요. 깜짝 놀라 엉겁결에 아이를 건지려는데….

동구 는데?

쌤 손목에 손이 붙어있습니다. 분명 작고도 고운 여인의 손이요. 연당은 깨닫습니다. 아까 만난 여승이 보통 사람이 아니었다는 걸요. 또 새엄마에게 미움받고, 시댁에서 버림받은 자신의 처지를 하늘이 불쌍히 여겼음을요.

나정 아, 다행이네요.

쌤 이제 이야기는 결말로 향합니다. 연당은 이곳저곳 떠돌다 바다 앞에 이르렀는데, 한 선녀가 내려와 그녀를 섬으로 데려가지요. 그곳에서 자신의 친엄마를 만나게 됩니다. 그녀의 손목이 잘릴 때 내린 비가 어머니의 눈물이었고, 손목이 생겨난 것도 어머니의 정성이었음을 알게 되지요.

한편 집으로 돌아온 허진은 어머니와 주고받은 편지가 위조된 것을 알게 됩니다. 어머니는 어서 연당을 찾아오라 하고, 허진은 그녀를 찾아 떠나지요. 우여곡절 끝에 허진은 연당과 만나고, 이러한 사정을 황제가 듣습니다. 황제는 허진을 순찰어사로 임명하고 부월(도끼)을 주며 말하지요.

"황 판서 집에 가서 너의 임의로 정렬부인(연당)의 원수를 갚아라. 가는 길에 각 지역의 관리들을 살피어 만일 불법을 저지르거든 이 부월로 처참하라."

붕이 허걱, 도끼를 주다니. 황제도 화끈하당.

쌤 자, 황 판서 집에는 사람들이 구름같이 모여듭니다. 조정에서 높은 관리가 온다는 편지를 받았거든요. 화려한 행차에서 내린 이는 바로 연당입니다. 그녀는 아버지 황 판서와 양씨 앞에 서서 말하지요.

"나는 연당이로소이다. 여아女兒를 몰라보시나이까?"

연당은 그간의 일을 말합니다. 집에서 쫓겨나 허진의 집에 가서 살다 아내가 된 것, 남편이 과거에 급제한 후 편지 보낸 것을 양씨가 위조하여 결국 쫓겨나게 된 것, 자식을 업고 정처 없이 떠돌다가 우연히 두 손목이 생겨나고 친어머니를 만나게 된 것 등을 말이지요.

이제 모든 일이 명백히 밝혀졌지요. 양씨는 모든 것이 자기 죄라고 실토하며 살려달라고 발버둥 치지만, 하늘도 용서하지 않나 봅니다. 그녀는 마른하늘에 날벼락을 맞고, 어디선가 호랑이가 나와 그녀의 시체를 물고 가버리지요. 편지를 나르던 하인도 유배 가게 됩니다. 그도 분명 큰 잘못을 했으니까요.

붕이 직무유기죄예요, 직무유기죄.

동구 아무튼 사필귀정, 말 그대로 모든 일이 올바르게 돌아간 셈이네요.

쌤 그래요. 이 소설에서 계모는 집에서 쫓아낸 딸을 편지까지 위조해가며 집요하게 괴롭히지요. 그러나 그 결과는 처참합니다. 자기 스스로 화를 입었으니까요. '만약에 가족 간에 화목하게 지냈다면 어땠을까?'라는 생각도 드네요.

붕이 으음, 쌤 말씀을 들으니 오늘 집에 갈 때 치킨 한 마리 사 들고 가서 누나랑 나눠 먹어야겠네요.

나정 오, 오늘 정말 좋은 거 배웠구나.

쌤 하하, 그것참 좋은 생각입니다.
다음 시간에 만나지요.

동구 감사합니다.

"당신이 품은 증오는 가슴속에 죽지 않는 석탄 덩어리라서 다른 누구보다 자신에게 치명적이다." 미국의 소설가 라와나 블랙웰의 말입니다. 내 옆자리에 앉은 친구가 미우면 학교가 싫어지고, 가족이 미우면 집이 싫어지지요. 증오는 무엇보다도 자신을 힘들게 하는 감정인 것 같습니다. 마치 가슴 속에서 뿜어내는 파괴의 불과 같지요. 이것을 오래도록 내버려 두었을 때 타버릴 것은 결국 자기 자신 아닐까요?

작품 돋보기

〈연당전〉,
미움이 아닌 비움이 필요한 까닭은?

이 작품은 작자·연대 미상의 계모형 가정소설입니다. 이 소설이 독특한 점은 바로 미움이 끊임없이 이어진다는 것입니다. 〈장화홍련전〉이나 〈정을선전〉에도 계모가 등장하지만 〈연당전〉처럼 사람을 집요하게 미워하고 괴롭히는 계모도 드물 겁니다. 그런 그녀의 결말은 끔찍하지요.

> 맑은 하늘이 일시에 변하여 뇌성벽력이 집을 둘러싸는데 한 신선이 구름을 타고 내려와 이르기를 "나는 옥황상제의 명을 받아 이집의 간사한 양씨를 죽이러 왔노라. 양씨는 천고에 없는 죄인이라. 전처의 딸 연당에게 몹쓸 약을 먹여 판서께 모함해 두 팔을 베어 내쫓게 하고 (…) 허진 모자의 편지를 위조하여 천륜을 끊게 하였다. 옥황상제께서 이 사실을 듣고 대로하여 나로 하여금 그 죄를 다스리라 하였기로 왔노라." 하고 무지개 같은 칼을 번뜩 그리거늘….

이 작품은 시련과 보상으로 이루어져 있습니다. 연당이 손목을 잃고, 계모의 질투와 모략으로 집에서 쫓겨나는 부분은 시련에 해당하지요. 반면 배를 입으로 갉아 먹다가 허진을 만나고, 스님을 만나 손목을 다시 찾는 부분은 보상에 해당합니다. 이런 시련과 보상의 교차를 통해 사건이 흥미롭게 전개되지요.

사람들은 때때로 서로 미워합니다. 상대가 뭔가 못마땅하기도 하고, 괜히 나보다 잘나 보여서 밉기도 합니다. 혹은 나와 생각이 다르거나 내가 원하는 것을 해주지 않아 밉기도 하지요. 가끔은 별다른 이유가 없어도 그냥 밉습니다.

그러나 미움은 자신을 고통스럽게 합니다. 상대뿐만 아니라 자신에게 해를 입히고, 심지어는 파멸에 이르게 하지요. 그렇기에 미움이란 감정을 다스리려면 비움이 필요하지 않을까요? 부정적인 마음을 털어내고 현명하게 자기 감정을 직시하는 것부터요.

수백 냥이 아니면
결단코 놓지 않겠다

〈서동지전〉

쌤   반갑습니다, 여러분. 오늘부터는 칠정 중 마지막 감정인 '욕欲'
입니다. 욕심, 욕망, 욕구 모두 여기서 파생되지요. 근원적이고
도 아주 강렬한 감정이에요. 인간은 원래 욕망하는 존재니까
요. 질문 하나 하지요. 여러분이 현재 욕망하는 게 있나요? 한
번 말해볼래요?

붕이   근데 쌤, 욕망이라니까 뭔가 너무 노골적이고 부정적인 것 같
아요.

나정   나도. 어감이 별로 좋지 않은 것 같아.

쌤   욕망이란 단어를 언짢게 보지 말길 바랍니다. 인간의 행동은
이 감정에 뿌리를 두거든요. 시험 합격을 욕망하기에 공부하

고, 돈을 욕망하기에 아침에 출근하지요. 여러분이 여기서 수업을 듣는 것도 어쩌면 욕망 때문이 아닐까요? 고전문학에서 재미를 느끼면서 뭔가를 배우고 싶은 욕망 말이에요. '욕'은 인간을 움직이게 한답니다.

동구 그렇군요.

붕이 쌤의 말씀을 들으니 공감이 가네요. 욕망이라…, 욕망. 음, 전위대한 사람이 되고 싶어요.

나정 너 위대하잖아. 급식실 가면 무조건 "곱빼기요! 곱빼기!" 그러면서. 위가 정말 크지.

동구 크크크.

쌤 자, 오늘 배울 작품은 조선 시대에 쓰인 〈서동지전〉입니다. 쥐와 다람쥐의 재판 과정을 그린 소설이에요.

나정 어머, 쥐랑 다람쥐라고요? 재미있겠다. 호호.

쌤 재미있지만 생각할 거리도 많은 작품이랍니다. 중국 옹주 구궁산九宮山 동굴에 서대주가 살았습니다. 서대주는 서 씨 성을 가진 큰 쥐에요. 그는 부유했습니다. 당 태종을 도와 적군의 쌀을 없애버리는 공을 세워 높은 벼슬을 받았거든요. 서대주는 기쁜 마음에 잔치를 열고 여러 쥐를 초대합니다.

한편 구궁산 동쪽에는 다람쥐가 삽니다. 그는 성품이 간악하고 게으른 편입니다. 집도 가난해서 끼니를 잇기 어려운 지경이었지요.

마침 잔치가 열린다는 소식에 다람쥐는 양식을 얻으러 갑니다. 서대주의 집은 호화찬란하고 음식은 먹음직스럽기 그지없지요. 다람쥐는 서대주에게 인사드리고 한 가지 청을 올립니다. 볼까요?

"소생이 일찍이 부모를 여의고 혈혈단신으로 살아왔는데 (…) 이 같은 흉년을 당하여 창고는 비고 약한 자식과 파리한 계집은 굶주림을 견디지 못하오니, 빌건대 대인께서 자비를 베푸시어 밤과 잣을 조금 허락하여 주시면 이는 한 되 물로 학철涸轍의 마른 고기를 살리는 것과 같으시니 이 은혜는 죽어서 마땅히 갚겠나이다."

동구 가족이 굶주리니까 음식을 달라는 거네요. 근데 학철은 무슨 뜻이에요?

쌤 수레바퀴가 지나간 자리에 물이 약간 고인 걸 본 적이 있나요? 학철은 거기에 괸 물을 뜻하는데요, 그 정도 적은 양의 물만으로는 물고기가 살아남기 힘들겠죠. 아주 힘겨운 상황이란 뜻입니다. 자기가 굶어 죽기 직전이란 말이에요.

붕이 다람쥐가 자신을 물고기에 비유하다니 재미있네요. 흐흐.

쌤 그 말을 들은 서대주는 답합니다.

"그대의 말을 들으니 진실로 슬픈지라. 고진감래와 흥진비래(즐거운 일이 다하면 슬픈 일이 닥쳐온다)는 자고상사(예로부터 내려오면서 항상 있는 일)라 (…) 그대는 빈곤을 너무 걱정하지 말고 하늘의 순리를 따라 돌아오는 때를 기다리라."

그러면서 하인을 불러 밤 한 섬과 잣 닷 말을 주라 합니다. 게다가 잔치에서 남은 음식들도 큰 바가지에 담아 집까지 가져다 주도록 하지요.

나정 어머, 서대주가 재산을 멋지게 쓸 줄 아네요.

쌤 그래요. 다람쥐는 크게 절하고 집으로 향합니다. 집에서 기다리던 아내 다람쥐도 남편이 가져온 것을 보곤 얼굴이 환해졌네요. 그들은 받은 양식으로 한 해를 보냅니다. 문제는 다음 겨울이에요. 양식이 다 떨어지고 부엌은 텅 비었거든요. 아내가 반대하는데도 다람쥐는 결정합니다. 또다시 가서 양식을 빌어오겠다고요.

붕이 흠, 과연?

쌤 서대주 앞에 선 다람쥐는 다시 한 번 요청합니다. 전에는 감사했지만 한 번 더 큰 덕을 내리시면 훗날 은혜를 갚겠다고 말이지요. 그 말을 들은 서대주는 깊이 생각한 끝에 말을 꺼냅니다.

"그대는 내 말을 들으라. 본디 우리 서 씨 가문에 부귀한 자고 빈곤한 자도 있으매, 빈곤한 가족 친지에게 쓰이는 재산이 매월 만금이 넘고 조상을 모시는 등 이미 용도가 정해져 있느니라. 이러하므로 그대의 청을 따르지 못하니 (…) 모름지기 나의 부족함을 미워하지 말고 다시 헤아려주기 바라네."

돌아온 대답은 어렵다는 거지요. 그러자 다람쥐는 화가 납니다. 모욕당한 기분도 들고요. 그는 독한 표정으로 짜증 섞인 말을 내뱉고 돌아오지요.

"부귀는 끈이 있어 매양 차고 있는 것도 아니요, 빈천은 씨가 있어 매양 빈천만 낳을 바 아니오. 내 비록 빈천하나 귀한 것과 귀하지 않은 것을 어찌 의논하리오. 가히 분하고 가히 통석하도다."

나정 아니, 빚진 걸 받는 것도 아니고, 호의로 베푼 걸 다시 안 줬다고 저리 화를 내나요?

붕이 그러게. 쪼잔하네.

쌤 그래요. 옹졸하지요. 게다가 일해서 가족을 먹여 살리긴커녕 동냥만 다니는 모습도 보기 좋진 않습니다. 그런데 문제는 이 다음이에요. 빈손으로 돌아온 다람쥐는 길길이 날뛰면서 서대주를 고소하겠다고 하지요.

"천자께서 서대주에게 주신 밤나무가 사만여 주라 들었는데 나를 생각해서 적어도 한두 주라도 줄 것이거늘, 내가 이렇게 빈손으로 돌아오는 걸 신경도 안 쓰니 어찌 통분치 않으리오. 내 마땅히 재판관에게 송사하여 이놈을 잡다가 재물을 허비토록 엄중한 형벌로 몸을 괴롭게 하여 나의 분을 풀리라."

동구 허, 완전 배은망덕한 놈이네요.

붕이 그러게. 다람쥐 그렇게 안 봤는데 말이야.

쌤 여러분이 생각해도 어이없지요? 아내 다람쥐 역시 이런 말을 듣고 황당할 따름입니다. 그녀는 남편을 말리지요. 그런 행태야말로 적반하장이며 은반위수恩反爲讐, 즉 도둑이 오히려 매를 들고, 은혜가 도리어 원수가 되는 모습이라고요. 그리고 서대주는 본디 덕이 많은 자이니, 좀 더 참고 기다리라고 말이에요. 그런 아내의 만류에 남편 다람쥐는 매우 화내며 말합니다.

"어찌 천한 계집이 나를 가르치고자 하느냐. 계집이 마땅히 장부의 욕된 일을 분히 여김이 옳거늘 오히려 서대주를 칭찬하고 나더러 포악하다 꾸짖으니 이내 형세 곤궁함을 보고 배반할 마음을 두어 서대주를 얻고자 함이라."

나정 와, 이런 몹쓸 놈이 다 있네. 아우, 짜증 나.

쌤 충고하는 자기 아내에게 천한 계집이라 말하는 남자. 아내는 남편을 가르칠 수 없다고 생각하는 남자. 무능한 데다가 자존심만 세서 무시당하는 건 절대 못 참는 남자. 옆에서 지켜보는 것만으로도 답답하지요.

나정 으, 쌤, 말만 들어도 숨이 꽉 막혀요.

쌤 자, 여기서 문제 하나 나갑니다. 문학은 그 시대를 반영한다는 말이 있지요. 여기 나오는 동물들은 당시의 어떤 계층들로 볼 수 있는데요, 다람쥐는 과연 누구일까요?

동구 음, 아마도 몰락한 양반 아닐까요? 경제적으로는 무능하지만, 권위주의적이고 체면만 중시하는 구시대적 인물이요.

붕이 우왕, 너 대박이다.

쌤 좋습니다. 그럼 서대주는요?

나정 아마도 경제적으로 부유한 평민층, 즉 부농富農이라고 생각해요. 비록 양반보다 계층은 낮지만, 훨씬 실속 있고 풍요롭게 살지요.

쌤 아주 훌륭합니다. 동구랑 나정이가 이젠 상당한 수준이네요.

붕이 흑흑, 쌤, 저에게도 기회를 주셔요.

쌤 하하, 알았어요. 걱정하지 마요. 아내 다람쥐는 남편으로부터 모욕적인 발언을 듣고 아예 집을 나가버립니다. "너 혼자 살아라!"라며 말이지요. 아내가 남편을 버리고 집을 나서는 건 당시로선 파격적인 모습이지요.

한편 다람쥐는 서대주에게 복수하겠다면서 정말 고발장을 써서 백호산군(호랑이 재판관)에게 가져갑니다. 고발장에는 이렇게 쓰여있었지요. "지난달에 서대주란 놈이 노비 수십 명을 데리고 집으로 와 양식을 빼앗고 자신을 폭행했다."라고요.

재판소에 고발장이 접수되었으니 진위를 가리려면 서대주를 불러올 필요가 있지요. 백호산군은 오소리와 너구리로 하여금 서대주를 잡아들이라고 명합니다. 그런데 이 둘이 말하는 걸 좀 들어봐요.

"내 들으니 서대주가 재물이 많으므로 심히 교만하매 우리가 벼르던 바이니 오늘 우리에게 걸렸는지라. 이놈을 잡아 우리를 괄시하던 일을 복수하고 또 소송당한 놈이 뇌물 바치는 관례는 위에서도 아는 바라, 수백 냥이 아니면 결단코 놓지 말자."

동구 허걱, 이놈들은 뭔가요?

쌤 붕이가 맞출 차례예요. 오소리와 너구리는 어떤 계층을 의미할까요?

붕이 하하하, 쌤, 얘들은 악당들이에요. 악당.

쌤 음…, 좀 더 구체적으로?

붕이 나쁜 놈들이요. 뇌물이나 밝히면서 공권력을 가지고 죄 없는 사람을 벌주려는 놈들이잖아요.

쌤 좋습니다. 그 정도만 이해해도 아주 훌륭합니다. 이들은 부패

한 중간관리층이지요. "수백 냥이 아니면 결단코 놓지 말자."
이들의 평소 삶을 엿볼 수 있는 부분입니다. 관리로서 도덕성
은 찾아볼 수 없고, 이번에 맡은 사건으로 자기 주머니를 불리
겠다는 생각뿐이지요.

그들은 서대주를 찾아가 관아로 가자고 독촉하지만, 서대주는
의연하게 대처합니다. 웃어른께서 오셨으니 술이라도 한잔 드
시라고 권하지요. 그 말에 너구리는 생각합니다.

'만일 그렇게 되면 죄인 다루는 데 거북할 테니 정신 차려야 한다. 그
리고 기왕 뇌물을 받으려면 톡톡히 실속을 차려야 한다.'

결국, 그들은 서대주로부터 술과 황금 스무 냥을 대접받습니
다. 이런 호의를 받는 게 온당치 못하지만, 감히 거절하지는 않
겠다네요. 이들은 기분 좋게 서대주를 관아로 데려가지요.

나정 크, 앙증맞은 너구리랑 오소리가 저러니까 웃기네요.

쌤 그런데 사람이면 어떨까요? 죄 없는 나를 잡으러 온 경찰이 노
골적으로 뇌물을 요구하는데 웃음이 나올지는 생각해볼 문제
입니다. 백호산군 앞에 선 서대주는 고소장을 읽어본 후 말하
지요.

"자고로 모든 소송은 나라에 도가 없고 임금의 덕이 없기 때문이라

(…) 이번 송사도 저와 다람쥐 사이에 덕이 없어서가 아니라 백호산
군의 교화가 이르지 못하였고 임금의 덕이 부족하기 때문이라.”

동구 와, 이런 소송이 일어나게 된 것은 윗사람들에게 책임이 있다는
말이네요.

쌤 잘 지적했습니다. 서대주는 계속 말하지요.

“다람쥐는 어제 거두어 오늘 살고, 금일 취하여 내일 지내옵니다. 그
가 가난한 것은 세상 사람이 모두 아는 바인데 수천 금을 지닌 제가
무엇이 부족하여 그의 곡식을 도적질하오리까. (…) 다람쥐가 작년
에 불쌍한 사정을 말하기에 약간의 양식을 주어 도와주었건만, 올
해에 또다시 사정하오나 마침 집에 일이 많아 그 부탁을 들어주지
못하였더니 오히려 원한을 품고 이 같은 소송을 제기하였습니다.
어찌 억울치 않으리까.”

붕이 이야, 서대주가 말도 잘하네.

쌤 그러면서 마지막에 한마디 덧붙입니다.

“원컨대 산군은 진상을 파악하소서. (…) 또한 산군이 덕을 멀리 베
풀지 못하여 이런 송사가 생기는 것이면 스스로 탄식하시고 이런 쟁
송을 그르다 마옵소서.”

동구 이야, 스스로 탄식하라니. 호랑이 재판관에게 저렇게 비판적으로 말하는 용기가 대단하네요.

쌤 그래요. 백호산군은 묵묵히 듣고 이 말에 수긍합니다. 이윽고 판결을 내리지요. 다람쥐를 귀양 보내고, 서대주는 풀어주라고요. 그러나 서대주는 무릎을 꿇고 간청합니다. 다람쥐의 죄는 죽어도 씻기 어려울 만큼 무겁지만, 한 번만 덕을 내리시어 죄를 용서하고 풀어줄 것을 바란다고요. 모두에게 감동을 준 이 말에 백호산군 역시 그렇게 합니다. 게다가 무안해서 어쩔 줄 몰라 하는 다람쥐에게 서대주는 오히려 약간의 양식을 베풀지요.

붕이 와, 진정한 대인배네요. 멋있다.

쌤 소설의 결말은 이렇습니다. "다람쥐 만 번 절하고 양식을 받고 눈물을 흘리며 돌아가매 (…) 이후로도 다람쥐는 항상 이번 일을 생각하고 지금이라도 서대주를 만나면 서로 피하나니라."
자, 여러분 욕심에 대해 생각해보지요. 이 소설에서 다람쥐는 욕심을 부립니다. 정당한 노력 없이 타인의 재물을 탐하는 데다, 그것이 실패로 돌아가자 서대주를 무고誣告하는 모습을 보이지요.

붕이 무고가 무슨 뜻이에요?

동구 거짓으로 고소한다는 의미야.

붕이 아항. 근데 쌤, 다람쥐는 왜 무고까지 했을까요?

쌤 이유가 있습니다. 아까 다람쥐는 경제적으로 무능한 몰락 양반, 서대주는 평민 중에서도 부를 축적한 부농이라고 했지요? 양반이 평민보다 계층은 우위에 있지만, 신분이 밥을 먹여주진 않지요.

임진왜란과 병자호란 이후로 조선 사회는 이전보다 실질적, 실용적인 것을 중시하게 됩니다. 관념적인 학문보다는 물질적 풍요와 행복이 훨씬 중요하게 다가왔지요. 서대주는 그런 시대의 흐름을 잘 보여줍니다. 반면에 다람쥐는 이런 시대 변화에 적응하지 못한 인물이지요. 무고한 이유는 부탁을 거절당한 후 양반으로서 자존심이 상했기 때문이겠지요.

붕이 음, 그렇군요.

쌤 수업 처음에 '욕'은 인간을 움직인다고 얘기했지요? 여기서 우리가 알아야 할 게 있습니다. 올바른 방향으로 욕을 조절해야 한다는 걸요. 자기 자존심을 지키고자 상대를 해치고 욕심을 부린다면 결국 자기 자신도, 가족도 잃을 수 있다는 걸 알 수 있었지요. 꼭 기억하길 바랍니다.

동구 감사합니다.

"기뻐하고, 성내고, 슬퍼하고, 즐거워하고, 사랑하고, 미워하고, 욕심내는 것은 사람마다 없을 수 없으나 그것이 모두 절도에 맞게 발하는 것은 안자, 증자같이 지혜로운 사람이라야 할 수 있을 것입니다. 칠정이 발할 때는 필부(匹夫, 보통 사람)일지라도 삼가야 하니, 임금은 더욱 삼가지 않아서는 안 됩니다."

『조선왕조실록』의 〈연산군일기〉에 실린 이 말처럼 지나치거나 부족함 없이 칠정을 발하기는 쉽지 않겠지요. 그래도 절도에 맞게 감정을 다스리는 노력은 필요합니다. 중용. 우리가 기억해야 할 단어이지요.

〈서동지전〉,
동물을 의인화해 교훈을 전달하다

이 작품은 작자·연대 미상의 고전소설입니다. 서대주의 은혜를 입은 다람쥐가 배은망덕하게 소송을 제기하고, 백호산군의 판결로 잘잘 못이 가려진다는 내용이지요. 부익부 빈익빈이 양극단으로 치달았던 당시 모습을 적나라하게 보여줍니다.

　이 소설은 동식물 등을 의인화해 쓴 우화소설에 해당합니다. 이 러한 우화소설은 풍자성과 교훈성을 지니지요. 이 작품에서도 쥐와 다람쥐, 호랑이 등을 의인화해 권선징악과 사필귀정(무슨 일이든 결국 옳은 이치대로 돌아간다는 의미)을 독자에게 전달합니다.

　옛말에 조강지처는 내칠 수 없으며 가난할 때의 사귐은 잊을 수 없다 하였는데, 나를 이같이 욕하니 두 귀를 씻고자 하나 영천수 가 멀어 한이로다. 오늘 수양산을 찾아 백이, 숙제처럼 고사리를 캐다 굶어 죽은 일을 좇으리니 그대는 홀로 남거라.

　이 작품에서 주목할 인물이 보입니다. 바로 다람쥐의 아내죠. 그 녀는 가부장적이고 이기적인 남편에 반대하며, 올바른 충고를 합니다. 남편이 이를 받아들이지 않자 아예 집을 뛰쳐나오지요. 여필종부 (아내는 반드시 남편을 따라야 한다는 의미)를 강조하던 조선 사회임을 고려할 때 아주 적극적이면서 과감한 행동으로 볼 수 있습니다. 여성의 주체성을 엿볼 수 있는 부분이지요.

또한, 오소리와 너구리도 재미있습니다. 그들은 서대주로부터 어떻게든 뇌물을 받아내려고 안간힘을 쓰지요. 만약 피의자가 서대주가 아닌 일반 백성이었다면 누명을 벗으라, 뇌물을 바치라 정신없이 당했을 겁니다. 중간관리층의 수탈과 횡포가 어땠을지 우리가 생각해볼 수 있는 부분이네요.

참고로 이 소설의 배경은 중국 옹주인데요, 조선 시대 소설 중 많은 수는 중국을 배경으로 합니다. 가문 소설이나 영웅소설, 사회 비판 소설이 특히 그렇지요. 군신 간의 정치적 갈등, 가문 내의 가족 갈등, 부조리한 사회 속 영웅의 활약 등을 표현할 때 조선을 배경으로 하기엔 한계가 있었습니다. 그렇기에 보다 자유롭게 활용할 수 있는 중국을 배경으로 하는 경우가 많았지요.

받았으면 챙겨야지
어찌 네 일을 무성의하게 하여주랴

〈황새결송〉

나정 쌤, 오늘이 마지막 시간이네요.

붕이 그러게. 칠정 중 욕이 가장 마지막인데, 수업을 더 하면 좋겠다
는 욕심이 생기네.

쌤 하하, 그래요. 오늘 마지막으로 살펴볼 작품은 〈황새결송〉입
니다. 황새가 결송決訟, 즉 소송을 판결하여 처리한다는 의미이
지요. 왜 소송이 벌어졌고, 또 어떻게 처리하는지 한번 보지요.
경상도에 한 사람이 살았습니다. 그는 일 년 추수가 만석이 넘
을 정도로 큰 땅을 가진 부자였어요. 하루는 일가친척이 찾아
와 그에게 말합니다. 같은 조상의 자손인데 어찌 혼자서만 잘
먹고 잘사느냐면서 재산의 반을 나누어달라고 하네요.

붕이 크크크, 어이없다.

나정 그러게, 완전 황당하네.

쌤 무척 뜬금없지요. 그러나 상황은 심각합니다. 친척은 온갖 욕설을 해대며 심지어는 집에 불까지 지르려 하네요. 동네 사람들이 그 모습을 보고 괘씸한 마음에 부자에게 권합니다. 친척을 관아에 고소해 다시는 이런 일이 없게 하라고요. 그 말에 부자는 친척의 버릇도 고칠 겸 해서 서울에 있는 형조를 찾아가 고소하지요.

"소인은 경상도 아무 고을에 살고 있는데 (…) 소인의 일가 중 한 놈이 본디 방탕하여 가산을 탕진하였기에 이를 불쌍히 여겨 집도 지어주고 전답도 사주어 부지런히 살게 하였건만, 그놈이 농사는 짓지 않고 노름과 술을 일삼는 데다 (…) 요사이에는 소인을 찾아와 발악하면서 재물과 전답을 반씩 나누지 않으면 저를 죽여 없애겠다고 하며 집에 불을 놓으려 하오니 이러한 놈이 천하에 어디 있사오리까."

동구 부자가 일목요연하게 잘 말하네요.

쌤 그래요. 그러나 문제가 있습니다. 그는 고지식해서 재판이 어떻게 돌아가는지 잘 몰랐던 거죠. 원래 재판이란 각자의 사정을 듣고 공정하게 판결해야 하는데도 당시 조선 사회에선 그렇지 않았나 봅니다. 부자는 자신의 송사가 잘 처리될 줄로만 믿고 판결이 나기를 기다렸지요.

반면 친척 놈은 건달 같아도 세상 물정에는 재빠릅니다. 그는 어떻게 해야 자신에게 유리할지 알았지요. 곧바로 형조를 찾아 재판관부터 서리, 사령까지 말도 트고 친분도 쌓습니다. 자기 일을 잘 부탁한다고 말하면서요.

붕이 음, 과연?

쌤 팔은 안으로 굽는다지요? 며칠이 지나고 우리의 상식을 벗어난 판결이 나옵니다.

"네 들으라. 부자 너같이 무지한 놈이 어디 있으리오. 네가 자수성 가를 하여도 가난한 가족을 살리며 불쌍한 사람을 구해야 하거늘 (…) 어디 자손은 잘 먹고 어디 자손은 굶어 죽게 되었으니 네 마음 에 어찌 죄스럽지 아니하랴. (…) 그가 달라 하는 대로 나눠주고 친 척 간에 서로 의를 상치 마라."

나정 헐, 말도 안 돼.

붕이 뭐 저런 경우가 다 있지?

동구 항소 안 되나요?

쌤 안타깝게도 그런 건 없나 봅니다. 황당한 판결에 부자는 답답 하고 분할 따름이지요. 그러나 여기서 소리 지르고 난동 부린 다면 관전발악(심문받는 사람이 관원에게 반항함)이라고 고향에 살아 돌아가는 것도 힘들 겁니다. 그래도 이대로 가기엔 너무 억울하지요. 부자는 말합니다.

"소인이 천 리를 올라와 송사는 지고 가거니와 들음 직한 이야기 한마디 있으니 들으심을 원하노이다."

붕이 뭔가 이야기한다는 거네요.

쌤 그래요. 부자의 말에 관원들은 짐짓 호기심이 듭니다. 어떤 이야기일까 궁금해서 한번 해보라고 하지요. 부자는 말합니다. 옛날에 꾀꼬리와 뻐꾸기, 그리고 따오기 세 짐승이 서로 모여 누구의 울음소리가 좋은지를 다투지요. 그러나 결론이 나질 않자 송사를 통해 결정하기로 합니다.

나정 호호, 새들끼리도 송사한다네요. 근데 누가 노래를 제일 잘하나?

붕이 꾀꼬리가 제일 나을 거 같은데? 꾀꼴꾀꼴….

동구 뻐꾸기도 좋지. 뻐꾹뻐꾹….

쌤 하하, 그래요. 근데 따오기 얘기는 아무도 안 하네요. 따옥따옥, 하는 게 아름답게 들리진 않지요. 아무튼, 따오기는 걱정입니다. 누가 이길지는 모르겠지만, 누가 질지는 뻔하니까요.

"내 비록 장담은 하였으나 세 소리 중 내 소리가 아주 초라하니 날더러 물어도 나밖에 질 놈 없는지라."

그래도 패배를 기다릴 수만은 없지요. 뭔가 방법이 없을까요?

"옛사람이 이르되 모사는 재인이요, 성사는 재천이라. 아무튼 청촉請囑이나 하면 필연 좋으리로다."

붕이 무슨 뜻인가요?

쌤 모사는 재인이요, 성사는 재천이라. 즉, 일을 힘써 꾀하는 것은 사람에 달렸으나 일을 성취하는 것은 하늘에 달렸다는 말이지요. 사람이 움직여서 해볼 건 해보겠다는 겁니다. 그래서 청촉, 즉 청탁하겠다는 것이죠. 판결을 맡은 황새에게 말이에요.

나정 청탁이라 하면 부탁한다는 건가요?

쌤 맞아요. 그러나 청탁이랑 부탁은 어감부터가 다르죠. 게다가 판결을 맡은 이에게 말로만 부탁하진 않겠지요. 그때부터 따오기는 무척 바빠집니다. 황새가 좋아하는 것들을 잔뜩 구해야 하니까요.

이에 밤이 새도록 시냇가와 논둑이며 웅덩이, 개천을 발이 휘도록 다니면서 황새의 평생 즐기는 것을 주워 모으니 갖가지 음식이라. 개구리, 우렁이, 두꺼비, 올챙이, 거머리, 구렁이, 물배암, 지렁이, 집게벌레 등을 모아 가지고 붉은 박에 보기 좋게 정히 담아 황새 집으로 가져갈새….

붕이 흐흐, 부지런도 하네요.

쌤 자, 따오기는 먹을 걸 한가득 들고 황새 집에 갑니다. 어둑한 밤, 막 잠자리에 들었던 황새가 그의 방문 소식을 듣지요. 감히 상것이 찾아와 잠을 깨우다니 짜증이 막 나네요. 혼 좀 내려는데 따오기 아래에 놓인 것을 보고 생각이 바뀝니다. 슬쩍 보니까 맘에 들거든요.

과연 온갖 것이 갖춰 있으매 모두 다 긴요한 것이라. 말려두고 제사에 쓸 직한 것도 있고, 서방님 과거 보러 갈 때 반찬으로 넣어 보낼 것도 있으며, 친구에게 접대할 것도 있고, 하인에게 베풀 것도 있고, 사돈집에 효도할 것도 있고, 집에 두고 어린 아기 울음 달랠 것도 있으며, 중병 중에 입맛 붙일 것도 있고, 생일에 손님 대접할 것도 있으니 이것이 다 황새에게 긴요한 물건이라.

마음이 이런데 이것들을 안 받을 수 없겠지요. 갑자기 흐뭇해진 황새는 이것을 시종에게 잘 간수하여 두라 하고 따오기에게 말합니다.

"네 목소리를 오래 듣지 못하였더니 어이 그리 무정하냐. 그 사이 몸이나 성히 있으며 네 어미 잘 있느냐. 반갑고 반갑구나. (…) 네 이제 밤중에 왔으니 무슨 긴급한 일이 있느냐. 나더러 이르면 아무 일이라도 잘 어루만져 무사히 하여 네 마음을 상쾌하게 해주리라."

붕이 와, 선물을 받더니 말이랑 태도가 확 바뀌네.

동구 선물이 아니라 뇌물이지, 뇌물.

쌤 그래요. 아무튼, 따오기의 작전은 성공합니다. 이제 뇌물의 목
적을 말하지요. 자신과 꾀꼬리, 그리고 뻐꾸기가 노래 경쟁을
했는데 승부가 나지 않아 내일 판관님께 송사를 오기로 했다고
요. 그때 두 놈을 이기고자 하니, 아래 하下를 윗 상上자로 꼭 좀
바꾸어달라고요.

나정 결국 자기 점수를 제일 높게 해달라는 말인가요? 허.

쌤 그 말을 듣고 황새는 속으로 생각합니다. 저 무식한 놈이 제 욕
심만 생각해서 아무 일이나 쉬운 줄 안다고요. 그러나 받은 게
있으니 어찌합니까? 보답은 해야 하잖아요. 황새는 근엄한 표
정을 지으며 말합니다.

"송사는 본디 꾸며대기에 있나니 이른바 이현령비현령(귀에 걸면 귀
걸이, 코에 걸면 코걸이)이라. 어찌 네 일을 무성의하게 하여주랴. 전
에도 너는 내 덕을 많이 입었거니와 이 일도 내 아무쪼록 힘을 써보
겠노라."

동구 아, 결국 해주겠다는 의미네요.

쌤 그래요. 다음 날 세 짐승이 모여 황새 앞에서 송사를 벌입니다. 자신들의 목소리 중 누가 가장 나은지를 판단해달라는 말에 황새는 한 번씩 들어보고 상하를 결정하겠다고 하지요. 자, 첫 번째 선수는 꾀꼬리입니다. 하늘로 훌쩍 날아 곱게 지저귀네요. 마치 꽃 피는 봄의 흩날리는 버들잎처럼 아름답습니다. 주위의 모든 사람이 빠져들지요.

붕이 흐흐.

쌤 황새가 들어도 너무나 아름답습니다. 그러나 소리가 좋다고 하면 받은 뇌물은 어쩌나요? 잠시 생각하고 판결을 내리지요.

"네 들어라. 당나라 시에 '꾀꼬리를 날려 보내고 가지 위에서 울게 하지 마라.' 하였으니 네 소리 비록 아름다우나 애잔하여 쓸데없도다."

나정 헐, 말도 안 돼.

쌤 이번엔 뻐꾸기가 나와 목청을 가다듬고 노래를 부릅니다. 소리가 마치 별천지에 흐르는 폭포, 솔숲 사이를 스쳐 가는 바람처럼 시원합니다. 그러나 황새는 말하지요.

"네 소리 비록 시원하고 깨끗하나 궁상맞은 데가 있으니 가히 불쌍하도다."

동구 크크크, 진짜 어이없다.

쌤 이번엔 따오기입니다. 남 앞에 서기도 부끄럽고 민망한 목소리지만, 고개를 낮추고 소리를 꽥꽥 질러댑니다. 그걸 듣고 황새가 무릎을 탕탕 치며 말하지요.

"쾌재며 장재로다. 마치 장판교 다리 위에 백만 대군 물리치던 장비의 호통이로다. 네 소리 가장 웅장하니 짐짓 대장부의 기상이로다."

붕이 푸핫.

쌤 이렇게 해서 따오기가 상성, 즉 1등을 하게 되었습니다. 아까 억울한 판결을 당한 부자가 이 얘기를 꺼냈다고 했지요? 그는 마지막으로 말합니다.

"그런 짐승이라도 뇌물을 먹고 잘못 판결하여 꾀꼬리와 뻐꾹새에게 못할 노릇을 하였으니 어찌 재앙이 자손에게 미치지 아니하오리까. (…) 이제 서울 법관도 이와 같아 소인의 일은 벌써 판결이 났으매 부질없이 말하여 쓸데없으니 이제 물러가나이다."

동구 음…, 새겨들어야 할 대목이네요.

쌤 그래요. 형조 관원들은 대답할 말이 없어 부끄러울 뿐입니다. 작품은 이렇게 끝납니다.

붕이 와, 근데 부자는 진짜 억울하겠다. 말도 안 되는 판결 때문에
한순간에 재산의 반을 날렸잖아.

나정 그러게. 아무튼, 공직자라면 올바르게 행동해야 해. 서울 법관
도 그렇고 황새도 그렇고 개인적 친분이나 욕심 때문에 상식에
서 벗어난 판결을 내리잖아.

동구 생각해보면 개인도 문제지만, 사회가 더 문제라고 봐. 이런 억
울한 일을 당했는데도 부자는 정당한 판결을 받을 기회 없이

동물 이야기를 통해 비판할 수밖에 없는 셈이잖아. 이들이 내는 목소리에 귀 기울이는 공정한 사회가 되어야 할 텐데.

붕이 와, 너 말이 아주 세련됐다, 이제.

나정 어쩜.

쌤 동구가 핵심을 정확히 짚었군요. 작품을 읽는 안목이 상당하네요. 훌륭합니다. 사람은 누구나 욕심이 있지요. 그러나 그런 욕심이 사심私心, 즉 자기 이익만을 위한 사사로운 마음으로 실현된다면 엄청난 재앙을 불러올 겁니다. 특히나 공직자처럼 큰 영향력을 가진 사람이라면 더더욱 그럴 테고요.

또한, 우리 사회엔 여러 사회적 장치도 필요합니다. 무한한 욕심에 제동을 걸고, 사회의 약자를 보호하려면 말이에요. 기억하세요. 개인의 선의에 모든 것을 의지하기엔 이 사회가 너무나 복잡하다는 것을요. 그렇기에 정의로운 사회를 만드는 데 제도와 법률은 필수적입니다. 남과 더불어 사는 사회를 만드는 데 앞으로 여러분이 큰 역할을 하길 기대합니다. 이것으로 수업을 마칩니다. 수고했습니다.

나정 감사합니다, 쌤.

붕이 사랑해요, 쌤!

동구 크크.

"욕심은 수많은 고통을 부르는 나팔이다."『팔만대장경』에 쓰인 말입니다. 욕심은 만족을 모르고 끝이 없기에 자신을 힘들게 합니다. 게다가 다른 사람들도 고통스럽게 합니다. 자기 욕심을 충족하는 과정에서 여러 사람에게 피해를 주는 경우가 많으니까요. 적어도 타인을 불행에 빠뜨리며 자기 이익을 위하는 일이 없도록 해야겠지요.

〈황새결송〉,
문학은 문제의식을 느끼게 한다

이 작품은 작자·연대 미상의 국문소설로, 1848년에 간행된 『삼설기』에 실려 있습니다. 경상도 부자가 패악 무도한 친척에게 소송을 통해 억울하게 재산을 뺏기게 되자 새들의 송사 이야기를 통해 이를 비판한다는 내용입니다.

이 작품은 독특하게도 화중화話中話, 즉 이야기 속의 이야기 형식으로 되어있습니다. 마치 그림을 담은 액자와 같은 형식으로 되어있다고 해서 이를 '액자식 구성'이라고 하는데요, 여기서 부자의 억울한 판결은 외화(外話, 바깥 이야기), 새들의 노래 다툼은 내화(內話, 안쪽 이야기)에 해당한다고 볼 수 있지요.

이런 액자식 구성은 작품에 흥미를 부여하고, 작가의 메시지를 좀 더 설득력 있게 전달하는 역할을 합니다. 독자도 두 가지 이야기를 통해 작가의 생각에 공감하게 되지요. 위정자의 부패와 권력 남용이라는 잘못된 현실을 적나라하게 보면서 '이건 아니잖아!'라고 느끼는 것처럼요.

이리 생각 저리 생각 아무리 생각하여도 그저 송사를 지고 가기는 차마 분하고 애달픔이 가슴에 가득하여 판관을 뚫어지게 치밀어 보다가 문뜩 생각하되, '내 송사는 지고 가거니와 이야기 한마디를 꾸며내어 저놈들이 무안하게 만들리라.' 하니….

문학은 우리에게 생각할 거리를 던져줍니다. 잘못된 판결을 내리는 서울 법관과 황새의 모습을 통해 우리는 문제의식을 느끼게 되지요. 개인의 욕심 때문에 억울한 사람이 생기는 건 잘못되었다고요. 역사적으로 볼 때 사회가 올바로 나아가는 데에는 언제나 행동이 있었습니다. 우리의 문제의식은 그런 행동의 씨앗이 될 겁니다.

참고문헌

곽정식, 「〈옥낭자전〉의 형성과정 및 성립시기」, 『어문학』제79호 347~368쪽, 한 국어문학회, 2003. 3.

권순란, 「〈숙녀지기〉의 여성 주체적 성격 연구」, 숙명여자대학교 교육대학원 국어교 육과 석사학위논문, 2003. 8.

김건우, 「〈강도몽유록〉 연구 : 욕망과 이념을 넘어 소통과 치유로 나아가기」, 영남 대학교 교육대학원 국어교육과 석사학위논문, 2010. 8.

김선영, 「〈황새결송〉 연구」, 한국교원대학교 교육대학원 국어교육과 석사학위논문, 2009.

김연욱, 「〈강도몽유록〉 연구」, 성균관대학교 교육대학원 석사학위논문, 1997.

김진규, 「임란 포로 체험의 문학적 형상화 연구」, 동의대학교 대학원 국어국문학과 석사학위논문, 1997. 2.

박복신, 「〈연당전〉 연구 : 조동일 소장본을 중심으로」, 경기대학교 교육대학원 국어 교육과 석사학위논문, 2002.

소재영, 「내 죽어 구천에 이를지라도 : 원제 〈숙창궁입궐일기〉」, 『문학사상』31호 380~384쪽, 문학사상사, 1975. 4.

송희원, 「인물의 성격을 통해 본 〈서동지전〉의 흥미 요소와 논술 교육적 적용」, 고려 대학교 교육대학원 국어교육과 석사학위논문, 2006. 2.

신경희, 「판소리 〈적벽가〉의 인물 연구」, 한남대학교 교육대학원 국어교육과 석사 학위논문, 2006. 8.

윤형덕, 「〈만언사〉 연구」, 단국대학교 대학원 국어국문학과 석사학위논문, 1976.

윤기선, 「해외체험형 전란소설에 대한 연구」, 신라대학교 대학원 한국어문학과 석사학위논문, 2009.

윤지혜, 「〈노처녀가〉의 서사 지향적 변모 양상」, 홍익대학교 교육대학원 국어교육
과 석사학위논문, 2001. 8.

이아영, 「〈서동지전〉 인물 유형 연구」, 단국대학교 교육대학원 국어교육과 석사학
위논문, 2010.

이윤경, 「계모형 고소설 연구 : 계모설화와의 관련성을 중심으로」, 성신여자대학교
대학원 국어국문학과 박사학위논문, 2004.

장흥리, 「판소리 〈적벽가〉와 〈삼국연의〉의 비교 연구」, 군산대학교 국어국문학과
석사학위논문, 2012.

조선미, 「〈숙녀지기〉 연구」, 계명대학교 교육대학원 국어교육과 석사학위논문,
2004.

채송화, 「고전 수필의 지도 방법 연구 : 연암 박지원의 〈통곡할 만한 자리〉를 중심으
로」, 동국대학교 국어교육과 석사학위논문, 2011.

최종식, 「유배 가사 연구 : 〈만분가〉, 〈별사미인곡〉, 〈속사미인곡〉, 〈만언사〉, 〈만언
사답〉, 〈북천가〉를 중심으로」, 우석대학교 교육대학원 국어교육과 석사학위
논문, 1994. 8.

시리즈 수록 작품 목록(수록순)

사랑편

〈하생기우전〉, 『기재기이』, 신광한
〈삼선기〉, 작자 미상
〈정진사전〉, 작자 미상
〈사씨남정기〉, 김만중
〈숙영낭자전〉, 작자 미상
〈소설인규옥소선〉, 『천예록』, 임방 각색
〈홍계월전〉, 작자 미상
〈옥단춘전〉, 작자 미상
〈소대성전〉, 작자 미상
〈왕경룡전〉, 작자 미상
〈주생전〉, 권필
〈심생전〉, 『담정총서』(김려 편집), 이옥
〈방한림전〉, 작자 미상
〈조신전〉, 『삼국유사』, 일연
〈영영전〉, 작자 미상

인물편

〈각저소년전〉, 『소재집』, 변종운
〈육서조생전〉, 『추재기이』, 조수삼
〈최칠칠전〉, 『귀은당집』, 남공철
〈적성의전〉, 작자 미상
〈유효공선행록〉, 작자 미상
〈이홍전〉, 『담정총서』(김려 편집), 이옥
〈덴동어미화전가〉, 작자 미상
〈영이록〉, 작자 미상
〈금우태자전〉, 작자 미상
〈한조삼성기봉〉, 작자 미상

〈장한절효기〉, 작자 미상
〈창선감의록〉, 조성기
〈다모전〉, 『낭산문고』, 송지양
〈만덕전〉, 『번암집』, 채제공
〈최원정화풍남태설〉, 『고소설』, 작자 미상

감정편

〈통곡할 만한 자리〉, 『연암집』, 박지원
〈예성강곡〉, 작자 미상
〈강도몽유록〉, 작자 미상
〈적벽가〉, 작자 미상
〈노처녀가〉, 『가사집』, 신명균 편집
〈만언사〉, 안조환
〈숙녀지기〉, 작자 미상
〈최척전〉, 조위한
〈옥낭자전〉, 작자 미상
〈남윤전〉, 작자 미상
〈숙창궁입궐일기〉, 작자 미상
〈연당전〉, 작자 미상
〈서동지전〉, 작자 미상
〈황새결송〉, 『삼설기』, 작자 미상

• 이 책에 인용한 고전문학 문구는 참고문헌에
  나온 책과 논문을 참고했거나 저자가 직접
  한글로 풀어쓴 것임을 밝힙니다.